桑子 著

尘嚣：
一个中国半农民的
故事

山西出版传媒集团
北岳文艺出版社

图书在版编目（CIP）数据

尘嚣：一个中国半农民的故事 / 桑子著. — 太原：北岳文艺出版社，2017.4
（2025.4重印）
ISBN 978—7—5378—5072—8

Ⅰ.①尘… Ⅱ.①桑… Ⅲ.①散文集 –中国 –当代Ⅳ.①I267

中国版本图书馆 CIP 数据核字（2017）第 005886 号

书名：尘嚣：一个中国半农民的故事	策 划：商爱欣	责任编辑：张 丽
	封面设计：琦 琦	
著者：桑 子	内文设计：邱孝萍	印装监制：巩 璠

出版发行：山西出版传媒集团·北岳文艺出版社
地址：山西省太原市并州南路 57 号 邮编：030012
电话：0351 – 5628696（发行部） 0351 – 5628688（总编室）
0351 – 5628695（编辑室） 传真：0351 – 5628680
网址：http://www.bywy.com E – mail：bywycbs@163.com
经销商：新华书店
印刷装订：三河市天润建兴印务有限公司

开本：880 毫米 × 1230 毫米 1/32
字数：100 千字 印张：6
版次：2017 年 4 月第 1 版
印次：2025 年 4 月河北第 4 次印刷
书号：ISBN 978 – 7 – 5378 – 5072 – 8
定价：36.80 元

目　录

腊八走在尘嚣之外　　　　　　　　／ 1

灶神：神性的成就　　　　　　　　／ 15

心斋是要时常安顿的　　　　　　　／ 29

瞬间也能成为永恒　　　　　　　　／ 44

爸爸的回忆犹在梦中　　　　　　　／ 56

博尔塔拉的梦　　　　　　　　　　／ 88

尘埃总是随风而起　　　　　　　　／ 103

花与女孩　　　　　　　　　　　　／ 118

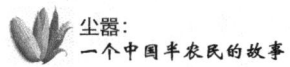

成为品质更好的士	/ 122
与如芝先生的《兰亭诗稿》交谈	/ 143
诗文：为何而作	/ 151
关于央金和她的散文	/ 162
《时间广场》读后	/ 173

腊八走在尘嚣之外

  腊八是他喜欢的节日。虽然是寒冷的季节，忙了一年的家人，从这天开始，就忙着年关的事了。家里会在这一天吃粥，与城里人平常熬粥相反，这一天家里的粥特别稠，虽说仍然只有苞谷面，但这粥却是为改善伙食而故意为之的，家人把这样的稠粥叫馓饭。也只是比普通的粥稠了许多而已，由于稠了，这馓饭就喝不起来，只能叫吃馓饭了。所就的下饭菜，是北方农村有的黄菜，原料是大白菜和盐巴。秋后收割，

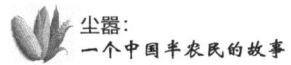
尘嚣：
一个中国半农民的故事

把白菜洗干净，然后开水锅里过一水，凉下来后撒上盐粒，用一块大石头压在缸里窝着，冬三月从冰碴儿中捞出来，菜叶由于盐的腌渍已经发黄，所以叫黄菜。同时，发酵后的黄菜有了一股酸味，也有人叫它酸菜，虽然也不算错，但与常人叫作酸菜的浆水，却是没有丝毫关系。对于过去陇东乡村的农户，困难的年月，窖里除了几颗洋芋外，黄菜就成了冬季主要的、甚至是唯一的蔬菜了。

　　小的时候，他很喜欢过腊八，不仅这天能吃到馓饭，重要的是，家里渐渐有过年的味道了。日子虽然同样辛劳，辛劳中却有了期盼的甜味。爸爸妈妈在队里干活去了，两个姐姐去公社的工地平田整地，过年时家里人吃的面，就要他们几个去磨。院子的角落有一个磨坊，兄弟几个的个头也就磨台那么高，磨担总是顶着下巴，磨子虽然转着，面却下得十分缓慢。为了尽快把面磨好，他们就拼命用棍子捅磨眼，好像这样粮食就能磨得快似的。让他难受的是，他们几个的脖子上都戴着铁绳和项圈，在磨担的挤压下十分难受。那是为了让他们长命拴上去的，只有用铁绳和项圈拴着，他们的命才能变得硬起来，也不能随便取下来，谁取下来谁就要挨爸爸的打。由于大人都不在家，他们会推着磨子疯跑一阵，然后满头大汗地在院子里跳方格，或者打上一阵牛儿，也就是外边所说的陀螺。牛儿是爷爷为他们刮好的。大哥的牛儿尖尖上钉了一颗滚珠，转得十分灵动，一鞭子吆过去，可以转上好一阵子；他的牛儿是没有滚珠的，要拼命地吆着才会转，劲儿使得不对了，牛儿会一头撞在台子上死掉。他十分眼馋大哥的牛儿，就偷偷地将大哥牛儿上的滚珠剜下来，钉在了自己的牛儿上，大哥会和他拼命抢夺，最后总是两个人替换着吆大哥的牛儿。

　　腊八最让他开心的，还是挖冰马、放冰马。虽然叫冰马，其实也只是一些挖的时候敲打成各种各样的冰块而已。天还没亮，大哥就会叫醒他，两个人背上背笼，有的时候也会领着老三老四，拿上洋镐和铁锨

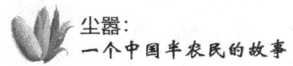

去河里。他的老家在静宁县张家小河村，围绕着村子的，有三条常年流淌的小河，其中的一条就叫张家小河。他们将冰面敲开，把挖好的冰马装上满满的一背篼，然后回家，把这些冰马分别放在每个房间的门缱上，还有放粮食的囝囝上、锅台上、磨台上、院墙上，甚至连猪圈、牲口圈的墙上也要摆放。

冰马在阳光下会发出斑斓的光，会慢慢地消融。囝囝一般都在阴面房里，是用麦草结成辫子围起来的，粮食虽然不多，囝囝也很小，放在囝囝上的冰马却最大。由于在阴面，冰马虽然放在草辫子上，却是融化得最慢的，有时候到了正月十五他们放灯盏的时候，仍然还有一个尚未完全融化的冰马的架子，冰马的中间有了无数细密的小孔，看上去像是一个透明的蜂巢。这也是最让他们感到高兴的，因为当地民俗认为，这样的小孔越细密，表示来年的粮食越是有个好的收成。正是因为这样，他们总会把最大最干净的冰马放在囝囝上。

放完冰马后，他们意犹未尽，会忘了爸爸交代的磨

腊八走在尘嚣之外

面任务，有的背着背筿，有的拿上扫帚和柳杷条，借着拾雁粪和扫"毛衣"，偷跑到河里去滑冰了。冰面上飞速滑动的牛儿被他们呔着，追逐着，轻轻地一鞭子过去，牛儿在冰面上会飞出去，他们大呼小叫地拼命滑冰，一个不小心，就会横躺着向牛儿滑去。这个时候的牛儿，会腆着圆圆的肚皮，晃动着脑袋在原地打转，微微的晨曦中，牛儿的四周漾动着虚幻的光晕，他们的眼睛好像定在了牛儿身上，心却像那光晕一样地漾动着、漾动着，好像要离开了自己的胸腔一样。大雁停在河边喝水，也吃冬麦的根茎，河滩上会留下一撮撮雁粪，"毛衣"就是地皮上的草衣，多在河岸荒地的地埂上，用柳杷条把草衣扫断，连土带着扫在一起，都是用来煨炕或者填炕，所以不必过分仔细。等他们的肚子饿扁了回家时，背筿里已装满了草衣和雁粪，即使没有磨面，爸爸也不会骂他们的。

夜深了，地里回来的妈妈和两个姐姐会替他们去磨面，他就和大哥拿上笔砚，去隔壁的二爷爷家，和

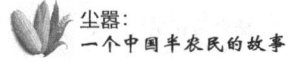
尘嚣：
一个中国半农民的故事

表姐一起描窗眼了。表姐的窗眼底子很多，有喜鹊、麻雀，有梅花、菊花、水仙、竹叶，有熊猫、小鸡等不同的花样。他们把裁好的窗眼放在底子上，照着描出样子来，然后再用蓝色、红色、黄色、绿色等颜色填描出花窗眼，由于纸张很少，描得就特别小心，生怕弄坏了其中的一张。表姐自然描得最快最好，但他们却舍不得把窗眼给表姐代描,表姐骂他们小气鬼,他的耳朵能烧上好一阵子,可两只手仍然紧紧按住了自己的窗眼,生怕窗眼会自己跑到表姐的手里。

这样的描窗眼多是在油灯下抽空完成的,他们的手几乎都是皱裂的,描出来的窗眼却十分好看。当他们回家以后,磨坊里的磨面声仍然轰轰轰地传来。幼年时的冬天,连月亮也是寒冷如冰,但磨坊里的脚步声,总是会让月光慢慢地温暖起来。

弟妹们也会睡得很晚,坐在磨坊的门槛上拜姐姐:"双帮双,拜姐姐,花园里一个花姐姐。你搟胭脂我搟粉,一搟搟了个油吹饼,我的半个你吃了,你的半个放下喂羊,把羊喂得壮壮的,拉到城里告状去。告了个啥状?告了个扁担状。扁担不会担水,一担一个猪嘴,猪嘴不会挖辣辣,一挖一个小妈妈,小妈妈不会养娃娃,一养一个小大大……"就在这拜姐姐的儿歌声中,他们姊妹七个在一起长大。

童年的腊八时节,有一个宁夏的大大会来村子里,

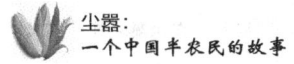

给有磨子的人家錾磨子,他们忙着端水的端水,端饭的端饭。他照例会在二爷爷家描窗眼,弟弟妹妹的声音,总是很清晰地从院墙的另一边传过来:"一九温,二九暖,三九冻破娃娃脸,四九茬茬,冻死娃娃,五九六九,过河洗手,七九八九,阳洼看柳,九九尽,开广种……"

腊八过后,妈妈就会睡得很少,因为赶着给家里的每个人做鞋子,赶着拆洗家人过年的衣服。遇到谁的衣服要拆洗,谁就只好光着身子趴在炕上不能出门。厨房里烟雾蒸腾,是爸爸把这些旧衣服放在锅里,用青颜色蒸煮加染,重新染了青色的旧布上,还隐隐约约地能看到花样,那是姐姐的衣服上拆下来的。这些加染了的布,就成了他们兄弟几个的棉衣面子了。在大雾的蒸腾下,厨房的门框上有了一层厚厚的白霜,月牙挂在门前的枯树枝上,看上去离这个家很远很远。只是天蓝得像水一样,虽然没有风,但似乎这个世界的每一双手都像是怕极了月牙的冰凉,瑟缩在了袖筒里,一任月牙在天空迟滞地上升着,缓慢地移动着。

腊八走在尘嚣之外

就是在这样的夜色中,他和大哥要跟着爷爷去河湾的菜园子睡觉。清冷的月光下,树杈上好像蹲着无数的猫头鹰,每一道土坎的后面,都好像藏着狼和鬼似的。他们害怕地紧靠着爷爷,爷爷拿着铁锹,背着填炕用的草衣,瘦小的身子佝偻着向前走。他不想跟着爷爷去园子里睡觉,静夜的瓜园里会刮起大风,鬼也会随着大风吹着哨子从门缝里挤进来,吓得他难以入睡。在爷爷烧上炕后,他会害怕地钻进爷爷的怀里,连眼睛都不敢睁开,因为他的眼睛一睁开,就会看见门缝幻化成的无数的鬼怪向他扑来。他紧紧地闭上双眼,但即使闭着眼睛,妖怪还是不会停下来,反而更加迅速地变化着模样扑入他的怀中。有一个女鬼非常好看,站在远远的山顶看着他,像极了那个给他教音乐课的知青李敏华老师,他突然有些害羞,刚想低下头,女鬼却伸长了红红的舌头,眼睛也不见了,只有两个空洞洞的窟窿,披散着一头乱发茫然地望着他,他吓得四处躲藏,想要找一个看不见的地方躲起来。好不容易躲到了一堵墙的后边,可

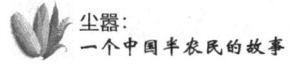
尘嚣：
一个中国半农民的故事

没想到他刚一抬头，女鬼窟窿似的双眼突然发出两道寒光，身子也像旋风一样，从山顶卷到了他的面前，他刚想喊，腰就被那个女鬼砍成了三截，他大叫一声，尿了一炕。"小兑子，小兑子，起来尿尿去。"等爷爷把他叫醒，他身底下的席子上已经湿了一大片……

又是腊八了，岁月的匆忙中，爷爷走了，爸爸走了，连那个每年的这个时候就会像约定好了一样来到他家錾磨子的宁夏石匠，也不再来了。他也应该是和爸爸一样走了吧？妈妈虽然活着，但牙齿也快掉光了。匆忙的岁月里，大姐二姐小妹都出嫁了，表姐也远嫁到了天津，大姐更是好几个孩子的奶奶了。他知道大哥由于太过辛劳，前不久查出了心脏病，心律时动时停。茫然中他拨通了大哥的电话，他想听听家里的声音，但电话里一片嘈杂，夹杂着男男女女的笑声，他问大哥："你们在干吗？"大哥笑着说："今天了冬结婚，我们都在帮忙，现在正耍新妇呢。"

了冬是他的一个堂弟，耍新妇就是老家的闹洞房。

腊八走在尘嚣之外

乡下的婚礼不会有太多的俗气，头巾气也很少的。当司仪说道："掀盖头，夫妻对拜。"所有人的眼睛都是亮亮的，大家的精神也是最活泼的。而忙了几天的房下，总是在最后的一桌吃饭，吃饭的时候要让新人敬酒认亲，给那些抽烟的房下一一点着烟卷。乡下的闹洞房也没有城里人的那些节目，但就算这样，大家也会玩得不亦乐乎，新娘子在敬酒点烟时，要张口叫大大、妈妈、哥哥、兄弟，也很难为情，声音小了，大家就不会喝那杯酒，声音大了，自己的脸蛋就先红上了。有的会故意吹灭了新娘子手里的火柴，或者嘴里嘟囔个不停，就是不好好吸烟，火柴都烧到新媳妇的小手了，给大大哥哥们点的烟，就是点不着。

他正在迟疑，大哥的话来了："小兑，有啥事吗？没啥事我就挂了，我还要耍新妇呢，妈很好，一天在门滩上转着呢，你不要操心。"他挂了电话，笑着给身边的晚儿做了个鬼脸："看你爹爹，都快五十岁的人了，还爱耍新妇。"晚儿问："是了冬小大大结婚吗？小妈妈漂亮不

· 11 ·

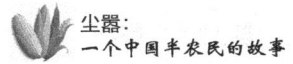

漂亮?"他说:"没见过,肯定很漂亮,这一天的女孩子都是最漂亮的,她找到了一个可以一辈子疼她保护她的男人,你过年回家就能见到这个小妈妈了。"一个人有所爱时,看上去也该是最美的,不只是外表,应该是从内心透了出来的那种。美其实都是很朴素的。

他又看着晚儿的房间,除了 SHE 就是 Twins 的照片。他想,现在的牛儿也没几个男孩子愿意叱了吧?岁月的匆忙中,那些冰马也一定很少有人再去挖,再去放了。那些麦草编成的冃冃,也都被水泥粮仓代替了,甚至现在的农家,连粮食也不存了,都像市民一样买面吃了。窗眼更是不用画了,几乎每一个家庭都换上了玻璃窗。岁月的匆忙中,家乡的三条小河也已经完全干涸。他和晚儿眼望着窗外,昏黄的灯火笼罩着兰州西固城,除了轰鸣的车流声,甚至连月牙的影子,他都不再见到了。

每一次的假期,他都会回到老家,除了陪着母亲,可以做的事情好像太多了:闲居、微行、拜师、访友、扫院子的雪、想远方扫雪的人、上山捡地软、打野兔、

腊八走在尘嚣之外

锻炼筋骨，打理心神，精沟子睡热炕，写对子，剃头，沐浴，磕头，上香，放鞭炮，接先人，接喜神，拜年，给村子孤独的老人散年钱，喝酒打麻将，修家谱，接龙王爷、大王爷看戏，点天灯，过十五……当然了，他也可以吃到暖锅，吃到黄菜、馓饭，也可以自己去寻着挖些冰马。

现在的腊八好像走在了尘嚣之外。他拿起笔在灯下记述着小时候喜欢的这个节日，晚儿的姥姥、晚儿，甚至他自己，都没有想起今天是个喝粥的日子。夜深了，姥姥和晚儿很快进入了梦乡，小时候的馓饭和黄菜却清晰地从他的心底泛起，就是这样的粗茶淡饭，给了他灵命的根基，使他成长了一切智性和知性。

或者，人是无法脱离风俗生存的，当一个人融入风俗中，也会觉得自己十分渺小，但当失去了这些风俗的依赖时，疏离、孤独等又会成为心灵的阴影。时代的转变异常匆忙，他的筋骨却足以应付雨打风吹。他早已做好了用属灵的心意去侍奉世俗的准备，以后的环境还可能需要他去适应,但他的灵命,却深深地扎在尘土之中,这根基一直通向了地下,那里静静地睡着他的爷爷、爸爸。他的根基也通向了走在尘嚣之外的腊八节里,节日虽然像在尘嚣之外,但它承载着平淡、平常与平静,正是这样的平静,使他的心里泛起了美好的波澜。这波澜正慢慢地弥漫在世俗的人前,久久不愿离散,也难以离散。

灶神：神性的成就

腊月二十三是个节日，人们叫它小年，这一天过后，年就越来越近了。娃娃高兴得胡旋呢，老婆子急得找盐呢。这是他们小时候妈妈说的歌子。这个日子的饭吃得很早，上午九时左右，家里人就吃饭了，饭后大家要忙着扫房，把家里的烂家具抬到院子里，然后将房顶、墙壁和屋子的每个角落打扫得干干净净。这样的活，基本上都要持续一天。

家中虽然贫寒，但要清理干净也不是容易的事，小

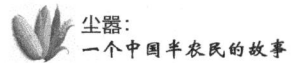

的扫窗台、擦家具，大的就踩着凳子、站得高高地清扫房顶，眼睛不敢朝上看，因为灰尘很容易打到眼睛里。没过一会儿，不是这个捂着眼睛出来了，就是那个捂着眼睛在院子里揉，大约下午五时左右，这个扫房的任务才能完成。大家互相看着对方，一个个土行孙一般，有的甚至像是打了花脸，擦过泪水的眼圈附近有了奇形怪状的图案。妈妈和姐姐总是连忙洗了手和脸后就进厨房做饭了，因为晚饭不能太迟，要把锅台清理得干干净净。也就是在天黑下来后，家里要把灶神娘娘送到天上去。

那个时候，总是爸爸领着他们兄弟几个一起送灶神娘娘。爸爸先要舀点水，把自己的手脸重新洗一遍，按照家里的人数，一个人一颗糖，爷爷、爸爸、妈妈、大姐、二姐、大哥、三弟、小妹、四弟和我，一共十口人，自然是十颗糖了。一般都是很便宜的水果糖。有一次他问爸爸："为啥要把糖纸剥开呢？"爸爸说："剥开了灶神娘娘才好吃，她吃了糖，上天后自然嘴就很甜，能给玉皇大帝说些好话的。""那糖最终还是我们吃了呀？"他反

灶神：神性的成就

问爸爸。爸爸说："灶神娘娘是神仙，又不是真吃，吃的也只是我们的心意，糖自然是你们吃了，再说灶神娘娘是回天上去的，天上啥吃的没有啊。"他的心也似乎放在了肚子里，要是灶神娘娘真的吃了，他们可就没有了。

就在家里扫房子的时候，爸爸会找来一些红纸绿纸，拼凑着糊好灯笼，等妈妈把锅台收拾干净后，爸爸就提着灯笼，领着他们进了厨房。爸爸先将糖果盘放在锅台上，点上一炷香，作揖后跪下。"放炮。"爸爸在点燃黄表之前，总会嘱咐在院子里准备点炮的他们，砰的一声，他们赶紧跑进厨房，跪在爸爸的身后，等黄表快烧完时，爸爸会将沏好的茶水，在灶前顺时针旋转着泼在地上，这是奠茶。"磕头。"爸爸每次都会念叨，可等不到爸爸说完，他们的脑袋已经捣蒜一般地磕了起来。神三鬼四，给神仙都是要磕三下头的，但他们的头却像是拨浪鼓，也不知道具体的数字了。他们已经作完揖站起来了，爸爸还在不紧不慢地给灶神娘娘磕头呢。

· 17 ·

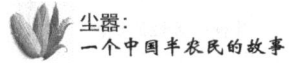

以前家里总是把灶神娘娘送到大门外的门滩上,傍晚时分,他们早就将门滩扫干净了。门滩的前边,是一个很大的坑,他们叫它炮台坑。坑里长满了榆树,冬天的傍晚,树上聚集了无数的麻雀,麻雀多的时候,会挽成一个很大的疙瘩,从一棵树上滚到另一棵树上,发出嘈杂的叫声。有的树上盘着大大的鸦雀的窝,鸦雀更是嘎嘎嘎地叫着。夏天,坑里却时常积满了雨水,青蛙的声音在夜里此起彼伏。白天他们会在坑里耍水,坑边有许多媳妇在洗衣服,农业社的羊有时也会被赶到坑里洗澡。水里会慢慢生出许多海叭、水贼,海叭飞快地上下翻动着,水贼却张开了它们的长腿,在水面上倏来忽去。有的孩子爬到了榆树上,捋着榆钱吃。他虽然是个男孩子,可直到现在,他也没有学会爬树的本事。树上的伙伴会给他折几根小的树枝,榆钱的味道嫩嫩的、甜甜的。

坑里有一条挖得很深的地道,是那个年代为了备战而挖的,一直荒弃着没有用,这成了他们打仗和捉迷藏的去处,他们可以在坑里玩得整夜都不知道回家。

灶神：神性的成就

由于地道阴湿漆黑，他们经常在这个地道里玩得像丢了魂。有一次，他终于摸索着进了洞，在他感到无比惊慌的时候，不知谁在他的身后尖叫了一声，他晕了过去，等他醒来时，他看见爸爸左手抱着他的棉袄，右手拿着一把用糜子的秸秆自制的笤帚在给他叫魂："小兑子，吃饭来；小兑子，咂奶来；小兑子，不害怕了，三魂七魄叫上身了，再也不害怕了。"叫魂的声音拖得很长很长。这样的叫魂会持续七天，不论刮风下雨，爸爸每天夜里都重复着这样的召唤，用笤帚一圈一圈地把他的魂魄揽入怀中。他趴在炕上，听着爸爸叫魂的声音一遍遍由远而近，看着爸爸拿着的笤帚在他的身上缓慢地绕来绕去，他的魂魄终于被叫到了躯体中，也永远留在他的躯体中了。

只是炮台坑的榆树越来越少了。一坑的榆树是太爷爷种下的，为了能顶几个工分，爸爸还是让农业社砍了，去做架子车的车辕了。榆木坚韧，容易扇房，是不能作房梁用的，却是做架子车车辕的最好材料。而砍树这样的事情，多发生在年关，他能从爸爸的脸上读出烦恼和郁闷，因为一大家子人要过年了。

后来，坑里的榆树终于被砍光了，坑也填平了，他的家被农业社迁移到了一起。新的院落一排排地连着，门滩变小了，而且，每家每户都在门滩上修了猪圈。从此之后，爸爸就不在门滩送灶神了，爸爸说门滩太脏了。于是爸爸手里举着那根燃到一半的香，领着他们兄弟四个，端上香盘与茶水，把送灶神娘娘一直送到了村口的大路上。爸爸细心地用手掊干净一块地方，将香头插在沙堆上，然后烧表奠茶，磕头作揖。

送走了灶神娘娘，他们会一溜烟地跑回家里，兄弟几个站在水果盘前，等着爸爸回来散糖吃，爷爷就坐在炕上看着他们笑。爸爸给他们一人一颗糖，他们知道每人都会有一颗糖的，还是要互相挤着抢着，都想要先拿到那颗糖。爸爸嘴里念叨着："这个是爷爷的，这个是你妈妈的，这个是拴牛的，这个是……"除了给爷爷的以外，爸爸总是按照从小到大的次序给

灶神：神性的成就

他们散糖，最后的两颗，就留给妈妈和自己。他跑着给还在纳鞋底的妈妈送去一颗糖后，他们的手心里，都有了一张摊开的糖纸，糖纸的中间，就是那个黄灿灿的水果糖。他们拿着那个糖，可谁都不会马上放进嘴里，大家你看着我的，我看着他的，总感觉对方的比自己的糖要大一些。他虽然有了一个糖，可就是舍不得把它吃掉，他会留着这颗糖，每天用舌头舔一舔，又会用糖纸裹紧了装进口袋。这样的一颗糖，他们有的甚至可以吃到除夕晚上。有一次，他睡觉时忘了脱衣裳，第二天早上起来，糖在热炕上早已融化，全粘在衣服上了，妈妈见他哭了起来，就把自己的那个给了他。他拿到了一颗完整的糖，可他的眼睛里却噙满了泪水，他的那颗糖是永远都不会再有的了。

他至今也没见过灶神娘娘长什么样子。也就是在上初中时，他从四舅舅手里得到了一本《玉匣记》，他知道里边是阴阳算命的内容，也有天干地支、十二星宿、值日星官等内容，他十分好奇，想在书中看看灶神娘娘的

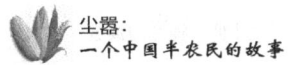

模样,但却没有找到。同样的神仙,他家里的灶神娘娘连个神龛都没有,她一年的时间里都是粗茶淡饭,和这个家庭一样见不到几滴油水,她似乎也没有任何抱怨。是灶神娘娘照拂着这个贫寒的家庭,他对这个灶神娘娘充满了感激。后来他知道了各地的风俗,知道了给灶神糖吃,是为了让灶神在玉皇大帝那里说说好话。

这些爸爸也曾告诉过他,但他喜欢灶神娘娘的一个奇怪原因,却是因为她在这个家里几乎就没有享受过神的待遇。也正因如此,使他在成人以后,慢慢懂得了神性的真正意义。世事扰攘,世俗中的男女,总喜欢追逐着功名富贵,甚至把生命的记录,看成是权威与令名的确立,不惜一切寻找着特权和依靠。人们在这样的寻找中,是不是丢失了太多太多的东西呢?就在读高中的时候,他被一本唤作《星星草》的小说所感动,说来奇怪,他除了喜欢小说里的好人外,同时喜欢上了那个被称作"曾剃头"的人。倚富者贫,倚贵者贱,倚强者弱,倚巧者拙。曾国藩的这些话他

灶神：神性的成就

最懂。然而，他家的这位灶神娘娘，却是平凡得没有了神的特征，她更像是一位真实圆满的母亲，在这个家里平和地忍受着贫寒，她慈祥地接受了爷爷，接受了爸爸妈妈，也坦然接受了他们兄弟姐妹。

虽然她本来就在神的位置上，但她从来没有接受过崇拜，哪怕是像样的祭祀也没有享受过。她可以在回娘家的时候，告诉她身为玉帝王母的爸爸妈妈，她在这个家里经常是挨着饿的，但她没有。她已经完全融入这个家庭当中，成为这个家庭的一员。即便是他家的厨房因为倒塌重修时，爸爸将她迁到大门的旮旯里，她也没有抱怨。他家的厨房很小，而且阴暗潮湿，但她还是一年四季默默地坐在那里，默默地看着这个家庭，在辛劳中慢慢地改变着。她的身上没有神性，更多的是人性的光辉，或者，神性本来就是应该和人性合为一体的吧。她更没有其他神仙似的需要供养，她的一年时光，就只吃了一颗廉价的水果糖，就是这样的一颗水果糖，在那样的一刻，也似乎由于融化而消失了。但他想，从他家里

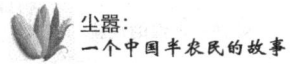

回娘家的灶神娘娘，一定是内心平和地回到金阙的，而且是带着希望的微笑去见她的爸爸妈妈的。或许这正是一辈子不信鬼神的爸爸，却在送灶神娘娘的时候能够如此平静安稳的缘故吧。

乡下的夜十分安静，地地道道，庸庸碌碌，没有思想，没有妙义，报晓的公鸡在安睡，耕地的黄牛在反刍，一切好像皆是无法，一切好像皆是无法之法。艰苦中没有悲哀，本来就是这个家庭的性格。这样的性格，其他的人和家庭会不会也是一样的呢？应该是一样的吧。他想，不能承受艰苦的人容易脆弱，也谈不上真正的自在。而一个国家的强大与否，也不是只去看累积的资本，是应该看它留下的东西能否影响后人的。

就在灶神娘娘回了娘家以后，他们会把院子里的土坑填平和上泥巴，把破损的院墙和台子修葺一新，除夕晚上，他们要接先人回家过年，照例也要把自家的灶神娘娘接回家来。

除夕的晚上，兄弟几个心痒难耐，急着等爸爸早一

灶神：神性的成就

点给他们散洋糖核桃之类的东西，但爸爸却一如既往地领着他们进了厨房，一直等着灶神娘娘坐下后，才给他们散那些东西。中国的文化庞杂深远，但儒家、道家、佛家，却是快乐地糅合在一起的，它们共同构成了这个民族的文化的根。后来，他读《北史》的时候，看到了李士谦的话："佛，日也；道，月也；儒，五星也。"这些话他深以为然。可是他家的这个灶神娘娘，却把神的身份归入了尘土，归入了粗茶淡饭，她陪伴着这个家庭的祖祖辈辈用心劳作，鸡鸣合欢，汗水随风。就是这劳作的汗水，洗涤着他和这个家庭的声利之想。是的，对于一个普通的家庭，欲求平安就很困难，更不用说富足了。人的一生也很短，生活的路，却又似乎太过艰辛，苦难随时都会滋生。世间的一切，也没有皆大欢喜的道理，孤立、孤寂的心，总是会生出悲哀来，平直就是良药，时时服用着就好。人世的浮华对于这个家庭，似乎早就弃绝了。

在所有的神仙当中，数他家的灶神娘娘最美丽、慈祥、善良，像妈妈、姐姐、花朵、风、雨滴、光明、慈悲……他也觉得自己家的灶神娘娘如高山、流水、春树、暮云……对他来说，这个灶神娘娘贫寒时予他衣食而不怨他贪嘴，干渴时予他清水，也不嫌他没有教养。他家的灶神娘娘究竟像谁呢？他想，就像《新白娘子传奇》里的白素贞吧？对，就像她，她应该就像赵雅芝扮演的白娘子那样的温雅、善良和美丽。他笑了，的确，也只有赵雅芝的那个扮相，才能配得上灶神娘娘。

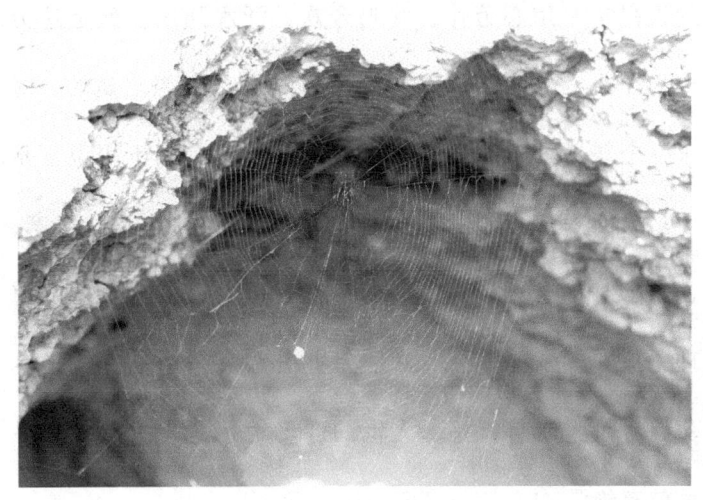

灶神：神性的成就

现在他的家里并没有供奉灶神娘娘，他在世俗的城市里游荡二十多年了。虽然没有在自己的家里祀上一个新的灶神娘娘，但老家的那个灶神娘娘，却像知己一样融入了他的生命当中。在他的生命里，有和灶神娘娘一样的信仰与爱。一个叫吉田兼好的日本和尚说，人不得已为自己操心的有三件事：第一是食物；第二是衣服；第三是居所。不饥、不寒、不曝于风雨，清净度日，便是人间乐事。再加上别生病，就是富人了。这个日本和尚说的，和他家的灶神娘娘做的是一样的。

在他的生命旅途中，一碗饭、一杯水、一本书、一个枕头，似乎已经构成了全部。甚至因为灶神娘娘，他也总是会笑着，也可以向任何人低头，对任何事退让了。有的人说："他成熟了。"也有的人说："他老了。"

那个常在被窝边念叨往事的母亲，已经很老很老了，那个总爱在母亲身旁听着往事的人，心底泛起了一阵阵的酸楚。凉风起天末，君子意如何？他想起了杜甫怀念李白的句子。望着天上的残月，看上去就像是半个挂着

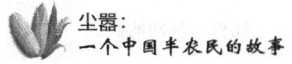

的冰轮,他在心里默默念叨:"灶神娘娘,你还好吗?几天后你就要回娘家了,我却不能赶回去送你了,你生气吗?你如果不高兴,就让今夜的明月带去我给你的糖,这糖世间只有一颗,那一定就是我的心。"

心斋是要时常安顿的

清晨六时四十分,他醒了,月牙仍挂在东山顶上,细得几乎要瘦过了柳叶,而且似乎不愿意升高,要等着和太阳一聚似的。东方却有些发亮了,深黄的颜色慢慢地淡成了天蓝色,太阳虽然没有完全准备好行程,但只要月亮再稍等片刻,岂不是就可以与太阳结伴而行了呀。然而这终于还是痴心而已,当日光完全地照亮,月牙很快就会消弭在寒冷的光明里了。

这消弭在光明中的月牙可曾沉寂?他想,就是沉

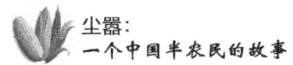

寂,也只是暂时的。世间的儿女都期盼着自己有情有爱,也期盼着这样的情爱能如日月一样长久,一个人被别人记住固然不易,但要被自己记得长久、珍爱长久,没有一颗安顿下来的心,同样是无法做到的。

生活越是困辱,他叛逆的性格反而越是膨胀。小学的时候,他宁肯躺在山坡上看看天空,或者在沟里去滑冰,也不愿意坐在教室。他喜欢一个人去听雨的声音、雪的声音、夜的声音,因为那些声音都是如此清晰,根本不用听就能感觉得到。心之所远,会是行之所在、性之所及吗?萍也植根于水,木也植根于土,都是天地之性。就求个放心,间或随性吧。正是因为这样的原因,他经常被班上的大个子像四类分子似的架到老师面前,然后自动伸出手来,接受老师的惩罚。

中学了,他会领着同学逃课,逃避打扫卫生,班主任杜宏光老师一气之下,解散了班委会,从此不再选举班干部了。老师安排他去出黑板报,他会在字里行间故意插几句骂老师的话。大学了,他还是经常逃课,系主

心斋是要时常安顿的

任领着老师检查宿舍，问他为什么不去上课，并呵斥他先起来穿上衣服时，他还是光着身子躺在床上。他并不是不喜欢读书，只是不喜欢坐在教室里，不喜欢被管束着读书罢了。

在别人的眼里，他一直就是个十足的怪人吧！甚至在参加工作二十年后，他在兰州见到了同学孙瑛，老同学的第一句话就是："先让我看看，你还是那么怪吗？"他说："没有啊，我怎么怪了？"孙瑛笑着："还不怪呀？班上两个怪人，一个是老姚，一个就是你了，你连自己吃的中药方子都能开。"哈哈，原来是指这个呀！

参加工作不久，由于学校新建，他借住在民校的房子里。有一天突然停电了，秋凉使他难以久坐在房子里，他想出门到街上转转。昏黑的夜色里，他一出来就碰到了一个醉鬼，一个民校的学生喝醉了，纠缠了半天，好不容易到了街上，却看见一个人倒在潮湿的水沟里，他翻转过来那个人的身子，见他碰得满脸是血，自行车也倒在身旁，他刚要问时，那个人却发话了："就那么小

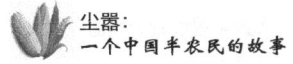

气,酒都不给了吗?我还要喝。"真是见鬼,怎么又是一个?他想,这家伙在这里就是不被冻死,后半辈子也就够呛了。他找到了附近党校的门房,想要把那个家伙抬到门房里,可屋子里的话,噎得让他喘不过气了:"我这里已经睡着一个醉鬼,正打发不出去呢,你还要给我送一个吗?"好在那个家伙突然翻起来,自己摇摇晃晃地推着车子走了。

可他的心,却突然变得很乱。他想,反正回去还是没电,干脆去找个对象吧。他拦住了一个过路的行人:"师傅你好,我想问一下,你们这里哪儿的姑娘最漂亮啊?""你问这个干吗?"他说:"不干吗,也就随便问问。""有漂亮姑娘的单位当然是歌舞团,就是这儿。"那个人给他指了指旁边的一个单位。他高兴极了,没两步就进了歌舞团的院子。但单位里也是一片漆黑,正不知道该怎么办时,过来了一个人,他又问:"师傅,歌舞团的丫头住在哪个楼上?"那人说:"就这儿,一层的都是丫头。"他敲开了一个房间,两个丫头正在烛光下洗着衣

心斋是要时常安顿的

服："你找谁？"他说："就找你。"他坐在了床边，他说："姑娘别紧张，我问一下你们歌舞团里的丫头没对象的都是谁？"两个丫头有些狐疑，一个告诉他："其他的好像都有对象，就小不点和格桑好像没有对象吧！"一边说着一边看着另一个，小一点的一个说："小不点好像在和扎巴谈呢，就格桑好像还没对象。"他说："你把格桑叫过来，我想见见她。"小一点的笑着："刚停电了，不知道还在不在宿舍。你等会儿，我给你去看看。"不一会儿，他就听见过道里叽叽喳喳的一片笑声，一下子来了七八个丫头，那个格桑被大家推搡到了他的眼前。他就这样没边没沿地和几个丫头聊了好久，要走了，在黑黑的过道里，他拉住了格桑的手："丫头，明天中午我来找你，单位门口见。"就这样他和她交上了朋友。

那个时候，他正参详着《圣经》，知道了传道书中所说的道理，凡事都有定期，天下万物都有定时。生有时，死有时。拆毁有时，建造有时。杀戮有时，医治有时。怀抱有时，舍弃有时。寻找有时，失落有时。……

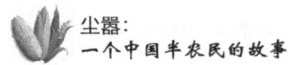

他虽然明白这些道理,可他并不了解其中的奥秘。他陷入了热恋,为她的一颦一笑,为她的美丽,为她的体香,甚至,也会为她的抱怨和脾气。他和她在一起时充满了快乐,离开她的时候,也是完全的不舍。甚至是黄河边上的一块烂瓜皮,一个破损的罐头瓶,他都可以拿到她的跟前,说个没完没了。为了她,他随着"顿月顿珠"剧组辗转来到远方陌生的城市,在他不得不回去上课的时候,他在荒凉的草滩徘徊着,在明亮的月色里愁苦着,在路上跟着陌生的脚印走,在河边跟着冰冷的石头走,在山顶跟着鸟儿的翅膀走……他翻遍了世上所有的脸,只是想着找到她的那张脸。

　　接到她的信后,他会高兴地跳窗而出,在厚厚的雪地里,像驴子一样地打着滚,或者倒退着在操场跑上好几圈,直到累得气喘吁吁,他才会回到宿舍里,首先是关紧了房门,接着他要将信封上的每一个字都亲吻一口,拆开信封后,再把信里的每一个字亲吻一次,然后才去慢慢地读那些文字。虽然都是些不冷不热的字,但他却

心斋是要时常安顿的

觉得这就是他的世界，就是他的一切了。如果有些许的温暖和安慰的字样，他就会激动不已。他将那些信件装在自己贴身的口袋里，一有时间就要偷偷地拿出来读，一会儿喜，一会儿忧。那个时候的一切似乎都是那么美好。

因为心慌，他们相爱；因为心慌，他们分开。他要替她死了，她就替他活着，但最终他们并没有能够在一起，当他从禅定寺下的她的家中离开时，整个世界好像塌了下来，柳林镇其实很小，小得人们都说南街的人放个屁北街的人都能听见，他却走得十分艰难。或许他还抱着某种幻想，为了能使姑娘回心，他在回合作后租借了好多小人书，就在她单位门口的白杨树下支起了书摊，整天盼望着能够看到她，也盼望着能够让她看见他，等着她打开她的那扇窗户，向他招招手，或者微笑着喊出他的名字。

两个多月过去了，小人书也被孩子们偷得没剩下几本了，他终于没有等到她，她永远不会来了。弥尔顿说：

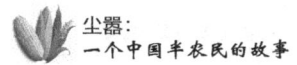

"他只敬示上帝,她则敬示他内里的神。"这才是秩序的关键所在吧。自然,敬示也是人与人之间相互的,当他发现她没有这种意识时,其实最好的办法,也就是自己选择离开。那个时候他想,他懂这个人吗?真的懂她的心,她的需要吗?面对她的需求,他能给她什么呢?给不了,又谈什么爱她呢?岂不是越是爱她,她就越是痛苦吗?道理其实也很简单,可惜的是,他当时虽然这样想了,只是没有那样去做,他也的确是做不到。

虽然他教书受值,碌碌度日,转眼二十多年过去了,他和她的结果,也只是腿上多了两处刀扎之后留下的疤痕,而且,每一年的这个日子,疤痕处就会发痒,好像在给他提醒着什么,但这种感觉从来都没有在他的心里泯然过。是啊,世间有许多说不清的东西,爱与恨便是其中的一对,谁也无法将其分开,如果真的要把它们分开,也只能是将它们切开,但是,切开了的它们两个都会同时死掉的。或许对于两个饮食男女来说,能不将就着嫁,也能不违心地娶,本身就是一种幸福吧。

心斋是要时常安顿的

月牙很淡了,没有了一丝暖意,看去都有些丑陋了。一切终将都要输给岁月的,何不就守着心底的忠贞呢?金庸借语嫣姑娘的话说:"男子汉大丈夫,第一论人品心肠,第二论才干事业,第三论文学武功,三者原是有次第的。"这些本就是一个国家庶民的根基,也该是这个国家庙堂的根基吧。某一年在乡下,他和地方上接待他的几个人聚会时,当朋友要向大家介绍他时,其中的一个笑着说:"我知道你都快二十年了。""我们以前见过吗?"他有些诧异。"没见过面,但你当年的那次恋爱可是轰动了甘南草原,我们早就知道你的大名了。哈哈哈哈。"那个人大笑着,他却尴尬地拉着那个人的手,说不出任何话来。

僧肇说:"百非斯绝,故迥绝无寄。"又说,"迥绝无寄,二边既离。"慧能说:"不是风动,不是幡动,仁者心动。"佛家在言及远离尘嚣,清净寂寥的时候,心智与慧心总是能够超越心灵的虚堂。世间的儿女,又有谁能不在这虚堂上暂住百年呢?就是庄子《人间世》里

· 37 ·

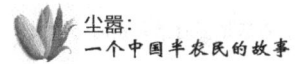

设计出的心斋,看上去是那样的消极,可是面对百年光阴,却又是妄心不断。虽是暂时的居住,每个人要安顿好自己的心智,清扫干净心斋,确也是如此艰难,天地间的痴情儿女,又有几个是真正懂得并珍惜着彼此的缘分呢?他也能时常觉出无法参破的情爱,因为只要是情爱,就会有热切,有太多的外界的执取。但是生命意欲的执取,本身毕竟还是有限的,当情爱无法抓住生命的瞬息,又岂能不随着肉体生住异灭呢?地陷东南,天高西北,天地尚无完体。他不由得沉吟着峨尔默的句子。他带门而出,烟,也抽完了。

  当他买了烟,在桥头上看着桑多河的流水悄然流淌时,他好像又看见那个"咕咚"从水里浮了上来。一个小松鼠喊着:"大家快来看呀,'咕咚'又上来了,它的衣襟那么宽大,它的肚皮,也似乎又长了。""咕咚"看着小松鼠,微微地笑着:"读书三十年,也没有悟出惭愧二字。你的尾巴不也是那么夸张吗?"小松鼠有些不屑:"老笔纵横,你怎么会知道我尾巴的妙用呢!""咕咚"还

心斋是要时常安顿的

是微笑着:"那也算是严霜之下,不废春风了,小家伙,再见,一切只在心知了。"

河沟里的干草罩着厚厚的霜,有的已经化成了水珠,就在光芒下闪烁着。小镇的大街上,已经有了人流与车鸣,他想起了摆书摊时碰到的三个孩子:"叔叔,你是干什么的啊?"他说:"你们猜猜。"一个说:"我看你像个浙江的木匠。"一个说:"我看你像外国人,你那么多的胡子。"他看着久久不曾开口的一个:"那你觉得呢?"那个孩子憋红了脸,迟疑了好久,就只说了三个字:"不知道。"他们眨巴着眼睛:"叔叔,看你的书要钱吗?"他说:"不要,你们想看就看吧。叔叔累了,只是想在这里休息休息的。"

是呵,不知道,有谁能知道一切呢?何况是别人的心思,又有谁能轻松地重新拾起自己的心智,让自己的心,好好地安顿下来呢?富贵浮云,情爱泡影,岂不都是一碗碗端在手里的破梦汤而已吗?

他给老家打了电话,妈妈说:"我好着,热炕上坐呢,狗儿,你们好着吗?"他的心里有些酸楚,一边说着都好都好,眼泪却在眼眶里打转。随着气候转冷,草原好像安静了下来,想到高原苦寒,凭着一把瘦骨在此生活,真是不易呀。又想到一生随时都会成为瞬息,能如东山之与松柏永不相负,固然极好,两不相知又有什么关系呢?的确不可以人世炎凉常驻于心怀,否则的话,就不只是侮人,实则是自侮了。况且,一个人的生性太重感情,太多感想,感觉也极容易过敏,身子也就不会太好。因为秉此三感的人,心本来就很软了,不病尚可支撑一二,病了则会处处伤神,即使念着智、灵、勇,终究还是会败于一个情字。而俗世的情,的确不是自得

心斋是要时常安顿的

自悦的,而是用来自度度人的。只是有些可惜,生性有此三感,也就注定了他的一生只能是度人,要自度真的是太难了。

然而,佛家有彼岸花,花叶永不相见,以心脉维系着。俗世则有水浒,水浒的彼岸,也永远只能在山下。没错的,圣母院来了阿西莫多,一切才有了世俗的味道;俗世因为有了水浒,反而多了庙堂的力量。或许,彼岸终究是渺茫的,在水浒安身也太难了,宝黛终于还是回到了自己的家里。世间的好多事,也只在一念坚守,一旦转身,便是一生,也是永远。只是当一个人在你的心智留下印迹,甚至她的情绪,会随时左右你的欢乐与苦恼时,你已经很有福气了。或许,正是这样的原因,当阿伦特再次见到被诋毁与流言快要摧垮了的海德格尔时,她不仅对命运没有丝毫怨恨,反而以她女性特有的独立意识与情怀,向全世界说出了自己对海德格尔一生的感激。

其实他的心里,感激的正是阿伦特胸怀的宽广,因

为一个人对别人的宽广，归根结底都是对自己的宽广。也就是从那时开始，他不再苛求自己刻意地做任何事了，不会苛求自己贫穷的时候用钱去做事，更不会苛求自己无力时用力去做事。他在力所能及地做着该做的一切，心里没有了虚妄，情爱也少了无谓的执迷与痴愚。

寒冷的天气慢慢暖了，尘嚣也从夜的蛰伏中醒了过来。当然，蛰伏并不意味着全是困辱，生活的本真，原也包括了雨打风吹。反而是热情的冷却，踣蹶中坚持的舍弃，会让生命失去灵魂，失去忠贞的光彩。是的，一

心斋是要时常安顿的

个人总觉得自己尚在成长时,生命的归宿,也只能是意味着一次次地失去了。

他回到家时,早饭已经做好了,有过的病痛缠身,有过的魂魄尽碎,都好像过去了。依然是生命的慈热,送他回到了自己的家里。她说:快吃饭吧。他默默地坐在桌前,像是一个负气出走的孩子,去时形单,来时却有人相伴着。又像是一块离身的玉,在没有了温度之后,被身边的这个人慢慢地暖了过来。出去得太久了,的确累了,回家多好啊。

缸里米饱腹,身上衣温暖,自由摇曳的小树最幸福。不知不觉间,几十年过去了,他身上的肉松了,饭会吃多,酒会喝多,瞌睡越来越少。来如流水兮逝如风,不知何处来兮何处终。波斯哲人峨尔默的话,又一次撞痛了他的心。

瞬间也能成为永恒

小的时候,学校的课很少,他经常给生产队里干活。晌午休息了,他回家给同学们提水,在经过一道山梁时,他看见有一家冒着浓烟,炕头上烧着一个小泥炉子。主人由于满脸的胡须,人们叫他毛胡子,女的只知道姓张,因为没有名字,大家都叫她张女子,他们当时穷得连裤子都没有。浓烟是从炉子里冒出来的,他们在熬罐罐茶。你喝!你喝!两个人互相推让着,却是一人一口换着喝了。他深深地记下了让茶的这一幕。后来,有了计划生

瞬间也能成为永恒

育政策，大家都在逃计划生育，张女子却自己跑到县城医院做了结扎手术，并领回了几十元的补助资金。

当时，他连结扎是什么都不知道，学校虽然开了生理卫生课，但他的同桌是个女生，只要是生理卫生课，她的脸就红了，还以为结扎就是把牛子割掉。有一天，他问班上一个大一点的男生："那女的没有长牛子，结扎的时候割什么呀？"那个男生说："笨蛋，当然是割奶头了，没有奶头，女人就不会养娃娃了。"他们都有了准确的答案，课间他们一边开着张女子没有了奶头的玩笑，一边朝着厕所的墙壁撒尿，大弦嘈嘈，小弦切切，嘈嘈切切错杂弹，大珠小珠落玉盘。他们每个人的眼前，很快的就有了一个小小的黄泥水窝。

后来，他去了草原工作，一次他和阿信去参加一个笔会，就在候车期间，阿信说："小兑你看。"顺着阿信的目光，他发现了候车室里的两个乞丐，一男一女，大约四十岁左右，或许是岁月风霜，增添了他们的年龄吧，女的瞎着双眼，男的脸膛很黑，衣服的破旧是必然的。

· 45 ·

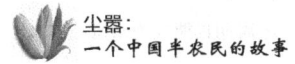

他们没有向大家乞讨什么,而是在一起悄悄嘀咕着,女的好像对男的很生气,央求他帮她办什么事,因为男的脸膛变得又黑又红,形态也扭捏了起来。接着,女的转过身子,从自己的内衣口袋里掏出了一把零钱,男的红着脸接到了手中。是想让男的帮她点钱,或者拿去换成整钱吧。她瞎着眼睛,自然怕别人欺骗于她,而她虽然瞎着眼睛,可在掏钱时却明明白白地转过了身子,避开了尘俗所有的眼睛。车站上的人很多,除了这个乞丐,眼睛都是亮着的,大家匆匆地赶车,谁也没有多留意她们。但是很显然,他们不是一对夫妻,因为羞涩与尴尬,全部写在那个男的脸上了。

没过几年,他也到了婚龄,他和她认识了,但他总觉得两个人不合适,到底是因为什么,其实他也说不出来。他很烦躁,就到了不远的油菜地,想一个人静一静。那时正是七月,油菜花盛开着,黄色的小花,密密地挤在一起,随微风在摇摆,无数的蜜蜂盘旋在花间,飞一飞,停一停,像是在和小花亲吻,又像是嘱咐着什

瞬间也能成为永恒

么，有的花儿很温顺，有的却也羞怯地转过了脸去，好像要拒绝了小蜜蜂的顽皮与热情似的。在海拔三千米的这个高原小镇，这片油菜花每年会按时开放，午后的天蓝得似乎紧裹了地皮。他躺在地埂上，强烈的阳光被蓬勃的油菜遮挡着，小蜜蜂也会停在他的腿上小憩一会。突然天上聚拢了一朵云彩，太阳虽然还在照着，雨滴却不停地落了下来，对面的山坡上也已黑黝黝的了，他有些扫兴，虽然明白只是一场过雨，但他还是想回去了。

就在这时，他看见山坡上有个人影走下山来，虽然还离得远，也由于山坡上的雨雾看不大清楚，但他从走路的样子看，肯定是个女的了。等了一会儿，当他在雨中能够认出她时，他吃了一惊，怎么会是她？她的身子

· 47 ·

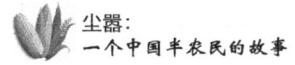

有些摇晃,衣服也已经湿透了,除了两个粗粗的短辫,湿了的头发全沾在了半边脸上,裤子上满是草屑,头几乎是耷拉着的。他喊她的名字,可她好像根本没有听见。突然,她蜷缩在了烈士陵园的墙角下,他赶紧跑过去,扶起了她软软的身子,她的双手冰凉,可脸却热得发烫。他很慌急,小镇上连个人力车都没有。他赶紧背起她,走了两公里的路,把她送到了最近的一个小诊所里。

诊所非常简陋,就一张桌子,一张床。他把她放在床上,大夫怕弄湿了床单,脸色很难看地朝他喊道:"去,摆个湿毛巾来。"他听话地弄了一个湿毛巾替她敷在额头上,他怕大夫生气,脱下了自己的上衣盖在她的腿上,然后拉过来被子给她盖住了上身。

他一边看着输液,一边细细地打量她的脸。这是一张瓜子脸,肤色有些黑,因为发烧,这种黑变得更深了。他同时看到了她脖颈的肤色,和脸色是一致的。她的脸上有几颗粉刺,嘴唇微微地闭着,淡淡的绒毛在上唇颤动着,她的呼吸很急促。他从来没有如此细心地观察过

瞬间也能成为永恒

这个姑娘。而这个不到两万人的小镇，诊所也是如此冷清，整整一个下午，也没有再来第二个病人。

直到晚上九点左右，液体输完了，大夫摸了摸她的额头说："烧也退了，你们可以走了。"他们出了诊所，她说："可以送送我吗？"他说："走吧。"就在回家的路上，她说自己的家里又说她了，让她早点嫁人，离开家，她心里烦闷，就想到学校找他，但又害怕他讨厌她，所以才一个人去了山上。她说她想远远地看看他住的那栋楼，因为在学校对面的山坡上，可以很清楚地看见他住的那个房间，窗子从来都是开着的，就算是深夜了，也是开着的，从来都没有关过。她说已经有好几次了，她就在山坡上看着他的那扇窗户。他的心里一阵发热，他说：要不，就别回去了，我们去学校吧？

等他们走到学校时，已经是夜里十点多了。她静静地坐在床沿上，他给她倒好了洗脸水，准备安顿好让她休息。就在这时，她惊叫了一声："老鼠。""哪呢？哪呢？"她怯怯地用手指着靠窗户的墙根，顺着她的手指，

· 49 ·

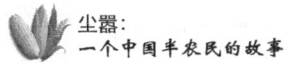
尘嚣：
一个中国半农民的故事

他看见了一个小小的红色的肉疙瘩。怎么这里会有老鼠儿子呀？他蹲了下来，这是一个小得连眼睛都没有睁开的老鼠儿子，小得就像是一粒粉红色的豌豆，头上却是两个黑亮黑亮的小点。

他高兴地蹲在旁边，她也开始说话了，她说大的老鼠跑到气窗里边了。他住的是太阳能的房子，为了解决高原冬季取暖资源的短缺，这种房子有四个通气孔，现在是夏天，自然都是开着的。是啊，没有了大人，这小老鼠也不会跑到这里的。就在这时，换气口探出了一只小老鼠的脑袋，没过一会，它顺着墙根跑了出来。他们相互笑了笑，也就拇指一般大，难道是妈妈？是爸爸？不会吧？"拇指"好像是听到了什么动静，倏地一下又钻回去了。肯定是妈妈了，因为"拇指"马上又跑了回来。他们屏住了呼吸，"拇指"慢慢地从墙根爬了过来，用嘴小心地噙着它的宝宝溜进了换气口。

他笑着说："你看，这个妈妈的胡子多像你的呀。"她低了头。他刚要起身时，"拇指"又出来了，这一次是

瞬间也能成为永恒

非常迅速地钻进了他的床底。这下子她害怕了，她说她不敢睡在这里的。他正要找笤帚将这个"拇指"赶走时，惊人的一幕出现了，他看见"拇指"嘴里叼着两只小老鼠，由于力不能及，有一个小肉蛋蛋居然又掉在了墙根。

他太惊奇了，床下只有他的一双靴子，他拿了出来，用手一摸，啊，靴子里居然有一个小老鼠窝，里边还有一个肉蛋蛋在发抖呢，头和尾巴蜷缩在一起。靴子已经被啃得一塌糊涂，但那个窝却非常精致。朋友们常批评他邋遢，叫他邋遢大王，称他的房间是垃圾箱，这下子可真是名副其实了。他把地下的那只拾起来放在窝里，把两个小家伙拿到换气口边，"拇指"这次还没出来，居然半道就碰上了，它好像是犹豫了一下，但马上就把它的小宝宝搬进去了。

突然，他感觉到有些异样。他们沉默了好久，谁都没有说话，她也忘了去洗漱。他悄悄地问她："不知道'拇指'是爸爸，还是妈妈？"她没吭声。他又问，"要是妈妈的话，那爸爸呢？"她还是没有说话。他把那个老鼠

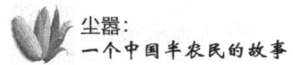

的小窝放在书架上,他看着她:"我们结婚吧!"她还是沉默着,但眼泪却流了下来,她给他点了点头。就这样,他们结婚了。

或许,一辈子只是一个故事吧,或长或短,几次回头,不知不觉中,故事本身已经走了很久。当然,谁都会希望故事能让心轻松一点,但是会很难。如果很沉重呢,还要不要将这个故事完成?答案也是肯定的。可以没有梦想,甚至没有理想,也不需要做得太多,在混沌不明中,就跟着那股神秘的力量前行吧,不要问彼岸能有什么。

如今,他们在一起已经生活了十五个年头,他们的日子虽不宽裕,却没有张女子那样的饥寒,也没有如那两个乞丐一样地颠簸。虽然他们没有能如拇指一样生下四个孩子,但他们有了一个可爱的女儿。结婚后,他才知道她还是一个基督徒,他其实很讨厌那些集权宗教,因为在主那里,人的最高德行就是顺从,而不是实现人的理想。但他还是很感谢基督,因为那是她的主,她的

瞬间也能成为永恒

主给了她温和顺从的性格,他们过得很平静,粗茶淡饭,欢容笑口,耶和华的暴戾,耶稣的虚荣,在他也似乎算不了什么了。他也会陪着她过平安夜,过圣诞节,虽然这样的节日,在他却是和一年的日子一样的。若兮说:你当然不是圣诞老人了。他承认,他不能成为这个世界的圣诞老人,但能成为妻子女儿的圣诞老人,他已经很满足了。现在,她仍在外地领着母亲看病,她自己也病着的,在吊针都没有输完的情况下就出差了。他想,他这个圣诞老人能给自己的老婆孩子送个什么礼物呢?心语说:记得在平安夜吃苹果,一年就会平平安安的。就把这个苹果送给她吧。他拨通了她的电话,她笑了:"那还是你吃上吧,你吃上和我吃上是一样的。"

平日尚自拘执一二,自此落入尘埃,小羊跪乳,难割生养,山色似乎逐着旅人归家呢。而她的心脏并不好,不止一次地问他:"如果我先死了,你会忘了我吗?"他说:"不会的。就怕我也老了,老得痴呆瓜傻,老得你在对面拿糖果哄我,用烫脚的脏水溅我,老得你在脊背后

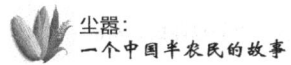
尘嚣：
一个中国半农民的故事

边用手指戳我，我也不会再认识你了，忘了也就可以做个痴人、呆人、瓜人、傻人了。"她说："现在的命很脆，你要多注意着。"他说："没事的，要是我先走了，你就去养老院。"她说："不行，你是个男人，要把我先送走了才行。"他说："说这个干吗，走着看吧。"

有的时候，真会显得鲁莽，诚则有些傻气，但一个人的一生，唯有真诚二字方可勉强留下来。真令亲近滋生，诚使钦敬成长，亲情、友情、爱情，莫不如此。山川再广，时间再久，心也会是满意而感动的吧。

2064年，他一百岁了，她也九十九岁了，他们在黄河边蹒跚地走着，圆月挂在天上。他的天资缺乏圆满，月却总有圆满的时候。她的心灵透，猜出了他的心思，并猜透了的两颗心，也就没有了隔阂，任性与鲁勇也随之归于了平静，就像一路伴着的这轮月，虽然寒凉无语，却给了他真性情，也给了他们真岁月。他想起了每一年的鬼节，她总会把他的鞋跟调换朝向床头，她说很怕鬼跟着鞋子的方向找到他的床上。

瞬间也能成为永恒

他不知道张女子后来到底怎样了，也不知道那两个乞丐究竟结婚了没有，她问他："你这辈子真的爱我吗？"他说："一个能把天下的爱说尽的人，要么他是个哲人，要么他就是上帝，但这样的人，一定是很孤单、很寂寞的。也许爱情只是这个世界普通的两个人，这两个人或许就是你和我。"她狐疑地看着他。他指着默然东流的黄河水，"如果不是，爱情又会是什么呢？"

爸爸的回忆犹在梦中

阴历的三月初一，是爸爸的忌日，但忙于蹲点调研的材料，他甚至忘了给家里打个电话。等汇报会议结束，他才匆匆赶回了老家。家里的忙碌依旧，只是屋檐上有了三窝燕子。妈妈说："燕子刚来，昨天还在争窝，有一只燕子因为争执时受伤了，老三把它放在房里养了一夜，可是第二天还是死了，那只燕子的伴在它身边卧了一上午，人走到跟前都不飞，直到中午午饭时才飞走了。另一只肯定也会死的。"妈妈说得平静而坚决。

爸爸的回忆犹在梦中

他这次回家，一是想看看母亲，二是想赶在爸爸的忌日给爸爸上上坟。爸爸走了六年了，爸爸的形象已经在他的脑海里渐渐淡漠了。爸爸活着的时候，由于暴戾的脾气和粗粝的作风，使他们对爸爸又敬又怕，父子之间亲近的味道极少。而他常年在外奔忙，他不想让爸爸就这样地从他的脑海里消逝。

爸爸名仲明，小名壮壮，民国十六年八月二十二日出生在静宁县张家小河村。由于个头不高，别人送了一个难听的外号。因为别人叫爸爸的外号，他经常和同村的孩子打架，有一次上学的路上，伍宗子喊了爸爸的外号，他们的架从早上开始，一直打到学生中午放学。他们两个撕扭在一起，一会儿这个骑到了那个的身上，一会儿那个骑在了这个的身上，后来他终于被按在水沟的最底层，他的双手被反压住了，但他的眼睛仍像刀一样刺在他的脸上，直到放学被路过的老师看见，一声断喝，伍宗子才吓得离开了他的身子跑回了家。他却在原地哭了好长时间，不是因为打架失败了，而是因为别人说了

· 57 ·

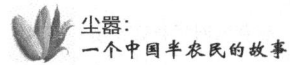

爸爸的外号。

他对爸爸的年轻时代所知很少,只知道有四个爷爷,只有爸爸一个男丁接续香火,所以大家都很疼爸爸,奶奶也是在爸爸六岁的时候吞食了鸦片离世的,后来听妈妈说,爸爸小时候很爱赌博,输了很多钱,是三太太用驴驮着钱才还清了赌债。爷爷就爸爸一个儿子,二爷爷只有一个女儿,三爷爷也只有一个女儿,四爷爷少亡,三爷爷也是中年离世。后来老兄弟两个分家,爷爷见二爷爷没有儿子,又要抚养三爷爷留下的孩子,就将所有的家当都留给了二爷爷,自己只拿了一个打水用的瓦罐,就领着爸爸在一个草棚里过了。这个很小的瓦罐现在仍在家里,有一次他给晚儿说:"这是太爷爷留下来的东西。"他们的心里都感到十分温暖。

爷爷就这样和爸爸相依为命,直到后来妈妈领着两个姐姐进了这个家门。那个时代正是中国万分艰难的时期,他们的家乡附近还发生过吃死人肉的现象。妈妈是在前夫去世后来到这个家的,他不知道爸爸是怎样对待

爸爸的回忆犹在梦中

两个姐姐的,直到1983年参加家谱重修的时候,他才从楼珍爸的嘴里听说了两个姐姐和他是同父异母的关系。他感谢爸爸,没有让他感觉到两个姐姐不是亲生的。

但从他记得事情开始,爸爸一直是一个暴戾的父亲形象。家中仅有的一张吃饭用的炕桌,经常会被父亲打烂,上边由于修补,留下了无数的钉子。母亲经常会遭到爸爸的拳打脚踢,那个时候的母亲,总是倒在地上失声痛哭,他们更是吓得缩成一团,哭得不成样子。父亲的暴喝随之传来:"哭,哭,一个个哭死算了。"爷爷从生产队的瓜园里回来,看到这种情形,总是要说父亲几句:"壮子,你到底想咋呢?"父亲有时候是沉默,有时候也会顶爷爷两句。这个时候的母亲,总是爬起来默默地进厨房。

他们几个就会坐在院子里,看着天上明亮的星星,头上顶着葵花叶子,忍着饥饿等着吃饭。饭也总是清得可以照见月亮倒影的糊糊,有时是玉米面的,更多的时候是红薯片磨的面。他们都吃得很多,一碗一碗地灌下

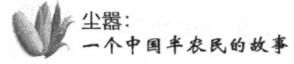

去,总好像是吃不够。刚发过火的父亲显得有些孤单,他们离爸爸很远地坐着吃饭,爸爸这时候就会把饭碗"咣"地一声丢在地上:"都不过来吃,坐那么远做啥?"他们于是怯怯地向父亲凑去。爷爷会把自己碗里的饭,一点点地分给他们。

那时天上的星星那么的明亮,他们等不到吃完饭,有的就已经在土院子里睡着了。但在天不亮醒来时,爸爸妈妈和两个姐姐,已经不在了他们身边,她们早已到生产队的地里干活去了。

村子里经常会来要饭的人,看到他们,他总是会提前跑回家里,踩着几块砖头,从家里的面缸底舀一勺头的红薯面,在门口等那个要饭的人过来,他们装上面后,也总是会笑着说:"这个娃娃真心疼。"他红着脸赶紧关上大门。有一次被爸爸撞见,他害怕地藏到了大门背后,却听见爸爸在门口和那个要饭的人说话:"你是哪的?"那人说:"北呢的(西吉固原一带),老爸,没吃的,没办法。""你等一下。"他听见爸爸在门外喊,"小兑子,

爸爸的回忆犹在梦中

小兑子,你死了吗?去,给你这个大大舀些面。"他将藏在衣襟下边的面拿出来,爸爸看到他满衣服的面粉,在他的头上捣了一拳:"顽怂,舀些面都洒得到处都是。"然后爸爸拿上木杈,喝上一碗凉水,就又到场里碾粮食去了。

那个时候,他很少看到爸爸笑,总觉得他凶巴巴的。十岁那年冬天,有一个上午,饿得不行了,他从学校偷跑回家,想寻些吃的。大房门一开,就见一只麻雀在屋子里盘旋,他忘了还有饥饿,赶紧闭了房门,拿着扫帚开始打那只麻雀,一扫帚过去,从毛主席像后边掉下来一张钞票他高兴地拿着钞票就往学校里跑,在学校的小卖部里,他用三分钱买了一根铅笔,一分钱买了一个水果糖,才知道这是十元钱,开铺子的人找尽了抽屉里的钱,才给他找齐了剩余的钱。他的双手攥满了钱,突然觉得无比心慌,班上的孩子一个个蜂拥而至:给我一张,给我一张。他木然地站在那里,任由他们从他的手里一张张地把钱拿走,他想哭,却哭不出来。直到班主任张

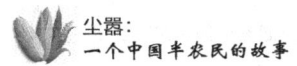

锋（他的一个族兄，马坡小学的民办教师）冲过来喊道："小兑子，你哪来的这么多钱？"他只是木然地站着。

后来，张锋哥从其他娃娃手里要回来了大部分钱，放学后，领着他一起回到了家中。他知道闯了大祸，他并不害怕爸爸的暴揍，因为从小他就是在爸爸的拳头底下长大的，可还是没有想到，在张锋哥离开了家门以后，他就被爸爸捆成了一个粽子，紧接着就是一顿乱棍，爸爸一边暴打一边骂道："你个坏小子，这是这个家几个月的饭钱，要打统销粮的，你倒好，偷上出去胡花。"那一次，他没有任何哭喊，一任棍棒雨点般地落在身上。家里吃晚饭了，他一个人昏昏沉沉地在院子里躺着，直到夜深了，听见爷爷在屋子里说："壮子，你把娃娃的绳子解开，让娃吃些睡觉，你想冻死他吗？"爸爸还在狂怒地喊："把他冻死才好。"

爸爸的暴怒，使谁都不敢说什么，他也不知道自己该怎么办才好，直到疼痛使他从梦中惊醒，他发现自己就睡在爸爸身边，一盏昏黄的煤油灯架在爸爸的膝盖上，

爸爸的回忆犹在梦中

爸爸用双手寻着他破棉袄上的虱子。爸爸不时地把虱子放进嘴里,"噼"的一声就咬碎了,那声音在静夜里都能感觉得出来。爸爸见他醒了,在他的把牛上揪了一下:"饿吗?瞎怂起来,给你留了剩饭,把剩饭吃了再睡。"这个时候,他才哭出了声。他转过了身子,想躲开爸爸的手,也没有任何饥饿的感觉,哭着哭着,又迷迷糊糊地睡着了。

十二岁那年,一次去县城玩,回家时偷着爬上了一辆汽车,但在村口跳车时,不小心踏进了捆绑帆布用的绳套里,被汽车倒拖了十几米才掉了下来,他昏迷了两天两夜。等他醒来时,看见全家人和张锋哥都围在他身边。爸爸正拿着一个碗,逼着三弟往碗里尿尿,三弟憋了半天,没有尿出来,爸爸在三弟的牛牛上打了一下:"顽怂,尿个尿都尿不出来。"他扑哧一笑,整个脑袋扯得生疼。爸爸回头看了看他:"醒了?来,把这些尿喝了。"是尿给他喝的呀?大家都凑过来看他,爸爸的骂又来了:"你小子真个胆大,要不是汽车停下,你的小命可

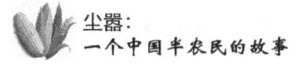

就没有了。"他虽然不知道发生了什么,但疼痛几乎使他张不开嘴,张锋哥说:"醒来了就好了,老爸你就别骂了。"在没有钱抓药的情况下,是兄弟的尿把他灌醒的。几天后,他从镜子里看到自己左脸没了皮肉,自己还是吓了一大跳。

但那一次,却成了他童年最幸福的时候,那几天,他吃的是家里为他另做的饭,是用醋调的,很香很香,其他的兄弟只能看着。他想起家里吃这样的饭的时间很少很少,只有在亲戚来,或者有工作组的干部来家里吃派饭时,才会有这样的待遇。而每到那一天,他们几个总是盘旋在门口,每个人嘴里都噙着一个手指头。爸爸看他们的脸色,也总是特别难看:"出去耍去,有人来了,不要丢人了。"他们退出去不久,又自觉不自觉地来到了屋门口。爸爸多数情况下是不和客人一起吃的,在招呼着那些客人吃完饭后,才和他们一起吃家里经常吃的饭,一样清得可以照见自己的头影,但客人们会留下一点用萝卜做的凉菜,这个时候,爸爸总是把菜碟轻轻

爸爸的回忆犹在梦中

地推到他们面前:"来,下着吃。"他们的筷子就会一起伸到碟子里,一人尝一点,爸爸却很少吃。这次虽然半边脸上的肉不见了,却意外地享受到了这样的待遇,现在想来,心里仍是甜甜的。

爸爸非常疼爱男孩子,虽然在弟兄四个当中,最讨厌他这个老二,但爸爸爱男孩子的心理会自然地表露出来。这样的心理差点影响到了他,大哥有两个儿子,三弟四弟也都各有一个儿子,唯独他只有一个丫头。他也一直想要个男孩子,以至于一次不小心萍儿又怀上时,他们一家三口从妇幼保健站出来,萍儿说:"晚儿,给你生个小弟弟,你喜欢吗?"晚儿的眼泪夺眶而出:"你们不喜欢我吗?我不好吗?"他赶紧抱起晚儿:"傻儿子,妈妈开个玩笑,谁说不喜欢你了?爸爸最喜欢女女了。"晚儿哽咽着,小嘴还在嘟囔:"我知道你喜欢儿子,你以后别再儿子儿子的叫我了。"爸爸当然知道他的心思,给他说过好几次:"你是个有工作的人,和家里的不一样,儿子女子都一样的。"

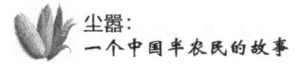

是啊，晚儿是这样的可爱，他有什么不满意的呢？但三弟却是连生了四个女孩，爸爸虽然也有心理准备，但失落总是写在脸上，有时回家，都能感到爸爸的压力比三弟还要大。爸爸闷声不响地做活，计划生育紧了，弟妹跑到了娘家，几个侄女留在家里，爸爸非常细心地照看着几个孩子。爸爸一直坚持着要他们兄弟都有了儿子再分家，后来由于家事艰难，不得不分家时，有一次爸爸问他："小兑，按家里的习惯，我和你妈应该到老四家的，可是老三现在这样，如果这边没人管，这个家就散了，要不，这个家就暂时不要分了？或者我和你妈分到两家？"妈妈由于爸爸的脾气，对爸爸有了很深的怨气，也想和爸爸分开，他担心老人因为分开会更加疏远，也由于三弟的确有难处，就对爸爸说："爸，你和我妈都在老三这边吧，如果生不了儿子，你们也有个照应，就让老四家先轻松点过吧。"爸爸妈妈都答应了。

尽管家里十分困难，爸爸还是给大哥、四弟各修了一处简陋的院子。家里的粮食、土地、家具等，也都没

爸爸的回忆犹在梦中

有按照村子里其他家庭只按男丁分家（土地承包后，媳妇和孩子都是没有土地的）的惯例，而是按照现有的人口进行了分配。直到今天，他们兄弟四个仍像一家人一样过着。但也就是从那个时候起，爸爸似乎变得更加忙碌，有时在老三家领孩子，有时又在老四家看门。后来，三弟四弟都生下了儿子，爸爸的脸上总是笑眯眯的，他总是会把孙子的把牛子噙在嘴里，有时故意咬得孙子哭了起来，然后又慢慢地逗着孙子破涕为笑。爸爸的这种疼孩子的方式，也波及村子里所有的男孩子，他经常看见爸爸弄得那些小孩子哭哭啼啼的，害得孩子的妈妈一遍遍地哄她们的孩子：这顽怂娃娃，老爷是在心疼你呢，哭啥呢吗。

爸爸的这种天性，好像遗传给了他们几个。他在城市工作，也会自然地用手轻轻揪着男孩子的小牛牛，逼着孩子叫他叔叔。改玲生了第二个孩子，他一直以为是个儿子，心疼孩子时，自然地将手伸到了孩子的裆里，却闹红了他的脸："怎么是个骚板子呀？我以为是个把牛

· 67 ·

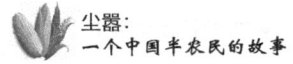

子呢。"改玲也红着脸:"本来就是个丫头的。"一次因为揪一个男孩的把牛子,被小孩子哭着痛骂了一顿,他很羞地走开了。爸爸经常也会遭遇这样的尴尬,每次都像是吃了败仗的老兵。但是,他们父子就像是有瘾似的,疼孩子的方式,总是揪男孩子的把牛子,咬丫头的屁股蛋,觉得这样才是真的疼爱他们。直到现在,他还会逼着咬几口晚儿的屁股蛋,然后轻轻地打上一巴掌:"真臭。"晚儿马上会转过头来:"臭?那你就别心疼嘛,臭爸爸。"他会笑着满意地离开孩子。幼稚园大班时,一次晚儿上完厕所,他担心没有擦干净,用手摸了摸晚儿的屁股,然后在鼻子跟前闻了闻,故意气她道:"儿子,怎么擦的呀?真窝囊,连个沟子都擦不净。"晚儿一边提裤子,嘴里却冒出这样的一句:"是你遗传的。"他傻傻地站了半天。

　　是啊,遗传的魅力竟然如此伟大。现在爸爸离开他们已经六年了,一个人睡在孤冷的山上,不知道爸爸的身边可有孩子?他甚至想早点投胎到爸爸的身边,让爸

爸爸的回忆犹在梦中

爸摸着他、咬着他,只要爸爸高兴,他再也不会躲开爸爸的手了。

1982年,他考上了大学。由于考得不怎么好,他已经每天下地干活了。当时的家乡,土地已经承包到户,家里可以吃饱肚子了,他从小不喜欢读书,经常因为逃学被老师打得双手像个血馒头。如果考不上,他就打算不再念书了。就在大河畔翻麦地时,氤氲的热浪中,他看见爸爸瘦小的身躯远远地走了过来。他以为有什么事,就迎了过去,爸爸说:"小兑,你看看这个,听送信的人说,你好像考上了大学。"爸爸说得很平静。他说:"不可能吧?我没答好,肯定考不上的。"爸爸说:"你看看是怎么回事。"爸爸的手里有一封信,信封是开着的,爸爸读过书,肯定是看过了。他从爸爸的手里接过了那封白色的信,他的确被录取了,但他没有从爸爸的脸上读到兴奋和喜悦。他说:爸,你先回去,我把这些地犁完就回来。

他和爸爸都不知道西北师范学院在哪儿。当他回到

· 69 ·

家里时，他的小大大仲喜也在家里，仲喜大大说："看地址就是我上过的那个学校。"仲喜大大是当时村子唯一的大学生，活得平静淡然，恬退隐忍。现在，他又考上了大学，与他一同考上大学的，还有他的堂哥小流。村子里的好多人，见了爸爸就说："还是你家小兑攒劲，老汉以后有靠头了。"有的说："是后庄的坟脉好吧？一下子就考了两个。"爸爸总是淡淡地一笑，从来不把这些话放在心上。爸爸还是照样地劳动，照样地看孙子，照样地骂他们。

爸爸从亲友那里给他借来了五十元钱，他和爸爸、大哥早上四点就起来。走路去十五公里以外的县城，六时二十分，汽车开出了静宁车站，爸爸和大哥远远地站在路旁，目送着他离开了家乡。

他在兰州上学时，吃到了从来没有吃过的东西，除了洋芋和白菜，他都认不出几样菜来。他把这样的情况写信告诉了爸爸，大哥在回信中总是叮嘱他，不要和别人比什么，只要好好念书就行了。他理解他们的心情。

爸爸的回忆犹在梦中

平时很少走出校门,大学四年,他每年从家里的花费没有超过八十元钱,因为家里的确没有。他从小就没有什么花钱的感觉,有的时候的确熬不住了,他就会趴在鸡窝旁,等着母鸡下出蛋来,然后偷着拿去卖上三分钱。当他盯着母鸡下蛋的时候,母鸡的屁股总是一撮一撮的,蛋也下得很艰难,鸡蛋的壳上,总是会有一圈十分清晰的腰腰。

每年的除夕夜,爸爸会给他们散年钱,这样的感觉是他们最享受的。爸爸给他们的年钱,从一分钱、二分钱、五分钱、一毛钱,直到爸爸去世那一年,给他们全家每个人十元钱的压岁钱。很小的时候,他们父子几个会在三十晚上围坐在炕上,由爸爸教他们玩牛九牌。他们用二十粒苞谷作为一分钱的筹码,玩上整整一个通宵,不论输赢,爸爸都会把他们的年钱装进他们各自的口袋。

他的牌技大概就是那时学成的,后来和朋友们偶尔为之,朋友们不是他的对手,就认为是他出老千。其实,大家根本不知道,他的爸爸玩了一辈子牌,输了一辈子,

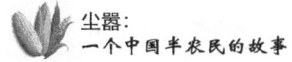

却从来不知道啥是出老千。爸爸输了,总是裹在被子里睡大头觉,然后悄悄拿上一些粮食,或是自己种的旱烟叶,去集市上卖,把输的钱还给人家。有一次,他跟一个朋友说起玩牌的规矩,没想到那个朋友说:"牌场上有什么规矩,那是羊牯,不赢羊牯的钱赢什么?"他听得十分恶心。任何事都可以看出一个人性格,爸爸从来不亏欠别人,这样的天性,他们兄弟几个都有,他们就是这个世界的羊牯吧!但他觉得这样是没有错的,反而是那个朋友太聪明了。在他大学的四年,每一个学期的开始,都是爸爸和兄弟送他到县城,然后爸爸领着他们走着回家。他在大学几乎就没有花过什么钱,他有二十二元的菜票和二十八斤粮票,他的全部花费,大概就是每个月五元钱的助学金了,就是这助学金,在大一年级班上评定时,还有城里的同学在争抢,他都觉得是自己多拿了人家的。

大三时,他要到西安考古实习,一时非常犯难,没办法了,只好向刚刚参加工作的小流哥哥借了二十元钱。

爸爸的回忆犹在梦中

在西安时,他最怕的事情就是和同学们一起照相,一旦照了相,洗出来的照片就要拿的,每张相片五毛钱。所以,当后来萍儿说:"要是那个时候我们就认识了,我可以供着你上学的。"他十分感激,他说:"现在认识了也不晚,我们有一辈子好活,比我困难的还有很多。"

这样的家庭环境,使他从小就不愿意求人,工作中遇到了困难,他也会自己拼命地想办法,能想起什么办法呢?有的朋友说:"你花钱大手大脚的,怎么有的事情上就把钱看得那么重要?"有的朋友也说:"老张这家伙,那么爱钱,给你钱你又不要。"是啊,他的确爱钱,但有些钱却是他不该爱的;他的确有时花钱大手大脚,但他也不愿把钱用在让他觉得厌恶的地方。

在兰州的四年,他每次回家时,都会用剩余的几元钱,给爸爸买上几盒卷烟。爸爸在给家里来的客人递上一支后,总会加上一句:"这是小兑给我买的。"那个时候,他总是喜欢陪在爸爸身边,一边给客人熬罐罐茶,一边看着爸爸很仔细地抽完一支卷烟,看着爸爸将烟屁股撕碎后,又卷进了自己每天抽的旱烟里,之后就不再抽了,留下那些卷烟来招呼客人和亲戚了。

爸爸的脾气很暴躁,心却很细,有时细得几乎像个女人。工作以后回家,他经常会买些水果,让爸爸吃时爸爸总是会说:"我的牙不行,留给娃娃吃吧。"他说:"他们都有,你就吃上一个。"爸爸就会把水果装进口袋,但最后还是给了孙子。爸爸说自己的牙不好,但每年三十晚上啃骨头时,总能听见爸爸嚼碎骨头的嘎嘎声,爸爸恨不得将所有的骨头都嚼碎吃了。他二十六岁了,还没有结婚成家的迹象,爸爸着急他的婚事。有一次,爸爸因为什么事在家里发火,骂着骂着,这骂声就落到了他的头上:"你都快三十的人了,死挺在家里,做个啥呢吗?"那几个年头,爸爸不管什么样的火,最终总是要由他这个快三十岁了还不结婚的老二收尾。他那时连续两个月咽炎未愈,心情烦躁,知道不出去不行了,他走到了爸爸面前:"爸,你就让我好好过个年吧,我一年就回来一两次。"爸爸更是恼怒:"你以后就不要回来了,看你想做啥做啥去,以后这个家就不要再回来了。"

那个时候,他的确到了婚龄,而他拼命追求的那个跳舞的姑娘,又的确不愿意嫁给他这个穷书生,他十分痛苦,曾在自己的大腿上留下了永久的刀痕,也曾在一座破败的尼姑庵里梳理过自己的情绪。爸爸在知道了这样的事后,默默地不说一句话,有一天夜里,爸爸对他说:"小兑,今晚你和我睡,有些事我要好好问问你。"他们聊了一夜,就是放不下那个跳舞的姑娘,爸爸反复问他,"人家是跳舞的,又长得那么心疼,你能养活她吗?"他说:"有我吃的肯定就有她吃的。"爸爸说:"那只是你自己的想法。"

这个姑娘几乎击垮了他的意志,爸爸也开始在老家给他张罗着介绍对象,但他的心被那个跳舞的姑娘占得满满的。爸爸自然十分气恼,他也很委屈,在回校之后给家里的第一封平安信中,居然无意识地把"亲爱的爸爸妈妈"的称谓,换成了"亲爱的妈妈爸爸",等他暑假回家,看见爸爸的脸色很阴沉,爸爸问他是怎么写信的,

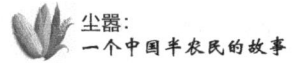

他都忘了，而爸爸那次却哭了，他很纳闷，问爸爸到底怎么了？爸爸拿出了信让他看，他看了好几遍，也没有发现有什么问题，爸爸说："你以前写信，都是爸爸妈妈的问候，这次怎么换了？"是因为这个呀。他笑着一边给爸爸擦眼泪，一边对爸爸说："可能是我写的时候忘了吧！"爸爸说："就是你这个忘，我很伤心，你是不是有啥想法？"他说："爸，你都胡想些什么呀？你和我妈把我们拉大，我能有什么想法呀？"那个暑假，他和爸爸一起收麦，一起打碾，一起翻地，爸爸没有一次提到他结婚的事，但他还是给爸爸保证说："爸，外边的人结婚迟，你放心，三十岁之前我一定结婚，你能抱上孙子的。"

也就在那个时候，有三个女孩爱上了他，爱得无怨无悔，爱得一无所求。可他最终选择了萍儿，对于另外的两个，他无力报答她们，只求上天给他几世为人，哪怕让他变成她们脚下的一层皮，让她们一世踩在脚下，他也愿意。可在这一世，他只能和萍儿这一个女人过日子了。他有时会怅然地一巴掌打在萍儿的屁股上,和她四目相对:"你怎么这么丑啊,我怎么会和你过一辈子呀?真是奇怪。"奇怪吗?他不会后悔自己的选择。

记得当时困顿之余,许多朋友觉得他和萍儿不合适,甚至劝他不要和她结婚。他也是满腹犹豫,提出和她分手,可每次都是萍儿流着眼泪,她只有一句话:我认准的,我不会放弃。她认准的,她不会放弃。他虽然没有认准,但却非常见不得女人的眼泪,最后答应了和她一起生活。尽管由于两家的不同习惯,他们婚后之初的生活并不如意,他也曾对她拳脚相加,也曾砸碎了结婚时的用品,用火点燃了房屋想要一走了之,但是,最终还是被她的柔情化解。使他平静下来的另一个原因,却是爸爸的喝骂与眼神。

结婚那年,他一文不名,举债举行了婚礼,他的鞋子是借穿陈炜的,眼镜是借戴杨霞的,是老虎、老席、阿信、克文等一帮兄弟帮他操办了婚礼。结婚那天,爸爸他们没有来草原,他也没有告诉他们,因为害怕他们

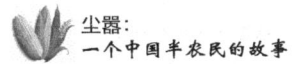

受到市民习俗的伤害。即使告诉了他们,他们也无力前来。在他们婚后第一次回家时,他向爸爸说出了满腹的委屈,爸爸听他说完后说:结婚了,就什么都不要说了,像个大人一样的过日子就行了。此后的日子,他时常会想起爸爸说的这句话,就是这句话,使他渐渐地改掉了自己粗暴的性格,开始对身边的这个弱小的女人疼爱有加。爸爸对四个媳妇更是从不说重话,一视同仁,看她们就像自己的孩子。

寒假的每个早上,爸爸会悄悄地推开他的房门,给炉子续上煤后,就带门而出了。萍儿有些不习惯,他说:"自己的爸爸,有啥不习惯的。"后来有一次,爸爸详细问了萍儿娘家的情况,他都如实相告,爸爸说:那你以后的担子还不轻。他知道爸爸指的什么。虽然现在爸爸不在了,但也足以安心了,因为萍儿的母亲就是他的母亲,虽然他不会像走进自己的老家那样地走进这个家,但这个家却和他的老家在他的心里一样的重。直到现在,妈妈还舍不得让这个老二的媳妇在家里干点什么活,连

爸爸的回忆犹在梦中

厨房都舍不得让她进。现在想来，萍儿显然是沾了他这个快三十岁才结婚的老二的光了。许多朋友的媳妇不愿意回乡下的老家，萍儿每次都想回去，村子里的人都很夸赞她。他能看见爸爸脸上高兴的神色。

爸爸虽然对他们很粗暴，对村里的人却很温和，从来不和别人起争执。他们弟兄几个一旦和别人打了架，不管是对是错，在爸爸向别人道歉之后，他们几个的瘦身体就免不了要受罪。但每次谁挨了打，吃饭时就会被爸爸扣在身边，让这个挨了打的儿子多吃一些饭。他们的眼泪掉进了碗里，心里却是甜甜的。

生产队里分粮食时，别人会将小的绿的苞谷挑出来，轮到他家时，这些东西就自然地放进了他们的筐里。爸爸从来没有挑过，倒出来后就让他们往家里背，他也没有见过爸爸因为这个和抬秤的人争吵。大姑父是入赘的，二爷爷过世后，爸爸与这个家的走动就更勤了，每年除夕，爸爸都是拿着给家人一样多的核桃和糖去姑姑家，然后才回来和他们一起熬夜。隔壁的大婶，虽然不是他

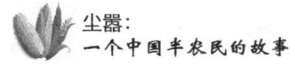

家的亲房，却会经常来他家喝茶，她也是儿孙满堂了，但老人要喝口茶却很不容易。这个时候，爸爸的脸总是亮亮的，几乎全秃了的脑门上渗着汗珠。他读到了爸爸的幸福。

这样的时候，他最爱和爸爸睡在一起了。有一天夜里，他做了个梦，梦见自己沿着水帘洞向天堂爬去，天堂的街上红彤彤的，一辆驴车拉着一副火红的棺材缓缓而行。忽而他又趴在炮台坑的地道里，他的手里端着盘机枪，可当日本鬼子冲上来时，他怎么拉都拉不开枪栓，刀也卷了，慌乱之余，他一通乱拳砸向了日本鬼子的脑袋……却被爸爸一脚踹醒了："臭小子差点把我的眼睛打瞎了。"爸爸拉亮了电灯。他羞得哈哈大笑："爸，没打疼吧？我做梦呢。"爸爸的一个眼睛闭着，泪水挂在脸上，一边揉着眼睛，一边气呼呼地说："啥梦啊？把我的眼珠子都快打出来了。"爸爸拉熄了灯，他却在被窝里偷着笑了半夜，再也没有睡着，肚子都给笑疼了。

2001年，阴历三月初一早上七时许，大哥从家里打

爸爸的回忆犹在梦中

来了电话:"小兑,赶紧回来,爸爸没有了。"说完就挂了电话,他刚想问一句爸爸到哪儿去了,随即心上像电击了一样,当他赶紧起来洗脸时,嗓子却像狼一样地吼了起来。萍儿很快给他收拾好了东西,他从老同学效勤那里借了两千元钱后就回家了。夜里十一点他赶回家里时,爸爸已经躺在了地上。大大们坐了一炕,他看见大哥和三弟跪在爸爸身边,用一页一页清凉的瓦片给爸爸凉尸,瓦片浸泡在凉水桶里,凉透了之后,就放在爸爸的肚子两侧。爸爸的脸上覆着一张黄纸,他想看看爸爸,但这样的要求,被几个大大阻止了。发明大大说:"你们不要难过了,你爸爸死得好,没有受一点罪,你爸爸是个有福气的人,昨天还在给家里拉砖头呢,下午我还看见他领着几个孙子看河南人耍猴呢。"

下葬的时候,他默默地看着爸爸的棺木一点点入了土,眼泪终于像泉水一样涌了出来,他感到了无限的悲凉。爸爸一直想来一次合作,看看自己的老二是在怎样的环境里生活,每次都因为孙子小而未能成行。爸爸是

· 81 ·

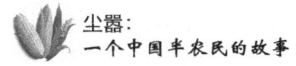

再也不会来到他可能生活一辈子的地方了。

记得爷爷去世的时候,天气依然很凉,爸爸忙碌地埋葬了爷爷后,迅速地衰老了。爸爸每天很早起来,去爷爷的坟上奠茶,然后下地干活,也开始逐渐有了白发,爸爸暴戾的脾气一下子收敛了许多。每逢过节,照例要在家门口给爷爷烧纸,爸爸妈妈的哭声,总是很悲凉,很孤独,静夜中听来,仿佛整个世界都要毁灭了似的。那个时候的他们,体会不到爸爸的孤独,直到爸爸离开了他们,同样的哭声才从他们兄弟姐妹的喉咙里挤了出来。是的,爷爷是爸爸的一重天,爸爸是他们的一重天,这天终于倒塌了,无法再用人力去挽回了,他们要成为各自家庭的顶层了,要为妻子儿女遮风挡雨了,责任终于压到他们的身上了。

爸爸读书不多,却对读书人十分尊重。刚参加工作的时候,由于课业不多,他学着写了一些诗歌,爸爸对这个老二是怎么工作的一无所知,只是担心这里是藏族人生活的地方,他不会说人家的话,平时到底是怎么过

爸爸的回忆犹在梦中

的？他说："爸，人家会说咱们的话，除了冷一些，和我们老家没什么两样。"爸爸也就知道这些。直到有一次，外村的一个亲戚给爸爸说了这样的话："老爷，你家小兒子是个啥诗人了，全国都有名了。"爸爸回来问他，他说："啥呀，那是我写着耍的，又不能当饭吃。"

后来连续几个春节，会有外地写诗的朋友来他家过年，兄弟几个尽力招待，爸爸酒量浅，每次也会陪着客人喝两盅。爸爸特别想听听他们说些什么，想知道诗歌到底是个什么东西？最终爸爸还是失望了，他除了劝朋友们多喝酒多吃菜之外，的确没有谈到诗歌，他也的确说不出个所以然来。他现在虽然不再写诗，但诗歌的善良和高贵，使他生活得平静异常，爸爸给了他先天的性格，诗歌给了他后天的滋养。同事凤英曾批评他说：张老师，我都不知道怎么说你了，在你的眼里，这个世界好像就没有坏人。他没有多说什么，但在他的心里，这个世界的确只有坏事，没有什么好人坏人之分。爸爸就是这样活过来的。

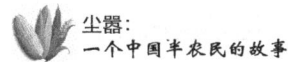

乡下人的长处，在于知道境界无法高拔，对思想只是满心钦佩，对高贵更是只管赞叹，却从来不会去效颦。正因如此，乡下人的心里一直是踏实的，大家觉得刘姥姥在大观园受了戏谑与委屈，其实并非这样，这不只是一个人各有其志，各有能与不能，实在也是乡下人觉得，没必要去缀别人的脚后跟的。虽然今日之人视忠厚，外似美辞，心里却多是笑其无用，但也因为有了这样的笑，世俗环境更像一个舞台了，舞台剧中生旦净丑都会有，笑声自然也就免不了。尽管他对世界批评最多，对这个国家也是牢骚满腹，但是在这个世界上，他坚信再也找不出一个人，会比他更爱这个国家的了，他是个农民的儿子，是中国让几千年来的草根阶层有了自尊。爸爸脾气暴戾，把他们都骂透了，但爸爸从来没有失去对他们的信心。爸爸淡然面对着一切幸福和苦难，像尘土一样活了一生，爸爸和所有的农民一样，应该是这个中国最好的公民了。

这次回家，他想帮妈妈洗洗脚，但被妈妈红着脸拒

爸爸的回忆犹在梦中

绝了。他拉着妈妈的手问妈妈:"妈,你还恨我爸爸吗?"妈妈笑着说:"恨什么呀!你爸爸什么都好,就是脾气瞎得很,那不是恨。"他的眼里渗出了泪水。爸爸,你还好吗?你一个人肯定很孤单吧?我们都很想你,妈妈也没有恨你,你的四个儿子也很孝顺,你给妈妈造成的伤害,他们都替你补偿了。他的心里有了无限的酸楚。

现在每次回家,他除了翻翻闲书,就是陪老娘在热炕坐着,饭前会有人问:"你想吃啥?"饭后也是一样,"吃饱了吗?"睡前妈妈会替他暖好被褥,早晨他还赖在被窝,妈妈或三弟早已替他倒掉尿盆了。数十年归家的情景,除了人在慢慢变老,屋子变得更大更温暖外,其他几乎是没变的。妈妈坐在台阶上,身形更见单薄了。此时惜于母亲的,或多在于她的弱柔,然弱能去刻,柔能导清,对于一颗毫无渣渍的心,妈妈和老家就是他的天,何其大哉,何其大哉!妈妈说:"我现在不死就是害人。"他问:"妈,你怕死吗?"妈妈说:"死倒是不怕,活多少是个够呀。要是睡着了不再醒来,要是走着走着,

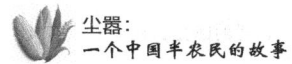

跌倒了不再起来,那就最有福气了。"他说:"你八十了,不想这些。"妈妈说:"不想,就是怕趴倒了又死不了,给你们添麻烦。"世间一朵云,老依儿孙家,又有谁不是这样过完一生的呢?然而世间的慈悲,不就是在这种添麻烦的岁月里,慢慢滋长起来的吗?能够与老人互相看笑,天地寒热,瞬间又是凝结于心。子贡说:"君子之过也,如日月之食焉。过也,人皆见之;更也,人皆仰之。"爸爸的一切那样清晰,就像他坟头的青草,又像是轻抚着荒草的月光。檐下的燕子,终于都出窝飞走了,甚至包括了两只老燕,没有一只能够长久留守在家的。他看着妈妈一边剧烈地咳嗽,一边在急着给他铺床。这个世界上,衰老的经画终于都会成为画饼,可在他的心里,对于老燕昼夜守候的良苦,却是蹉跎再三,难以解缚。

他睡觉的大房里,爸爸的遗像放在桌子上,他静静地看着爸爸的照片,好像能听到爸爸的骂声传来:"还不赶紧睡觉,眼睛睁下胡看啥呢?"爸爸,我喜欢让你骂着，让你打着。他在心底念叨着。这个世界有许多爱他的人，这些人是对的，因为他是值得被大家去爱的。这个世界也有许多恨他的人，不喜欢他的人，这些人也没有错，因为他的生命里还有许多罪恶没有洗濯干净。外边的世界不知道这个农民一辈子做了些什么，但他自己清楚，爸爸带给他的是责任，是勤劳，还有平易的天性。是的，他这样的天性就是这个小个子男人遗传给他的。

博尔塔拉的梦

2007年暑期,在家里等精锐和山东的小友顾玮来甘南,久候不至,电话问询,精锐说:"要去新疆了,你有无此意?"精锐要去博尔塔拉。二姐也在那里,征得母亲同意后,于是欣然同往。

8月1日午时,静春、萍儿送满强、晚儿和我到了合作车站,十二时,车从合作出发,满强一路用相机拍草原风景,与身旁的外地人聊得很是投机。十六时到兰州,满强决定返回静宁,我就去了晨华家里借宿。二十一时,

博尔塔拉的梦

领晚儿去看望何来老师。

2日,十三时许,去金昌的车从兰州长途汽车站出发。过青土岘隧道,山冈极秃,有人工种植的松树,很小,两边盛开着向日葵。十三时五十二分,至龙泉寺收费站,两边有几株小小的槐树。十四时,过徐家庄,居民房屋建设整洁,麦子尚未入场,但已收割完毕,整齐地码在地里,胡麻、土豆等行将成熟。过泉沟岘隧道。又韵家庄,路旁槐树焦枯。又南湾村,村庄绿化很好,山上更显光秃,有蔬菜大棚,农民的经营方式在转变。十四时三十分,过河口,庄浪河桥,庄浪河桥沿途有四座。过五渠村,可以见到永登县城。又五里墩。过清水河,尝见"铁道游击队"出没。天气转阴。十四时四十五分,过华藏寺。又野狍沟,名字让人浮想联翩,油菜花正开,小麦已经谢花,杨树葱郁,叶片很小。十五时,大雨突降。沿途种植麦子、大豆、洋芋、油菜等。过安远收费站,田里有马在食草,此地农牧业结合。十五时二十分,过乌鞘岭,雨停,山色如洗。又安远河大桥,

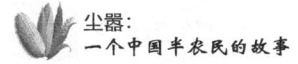

距天祝县城五十五千米。过黑松驿,见一小型水库。十六时,过双塔收费站,黄羊镇的麦子已打碾,只是不见了黄羊。十六时二十五分,过武威城郊。又青林收费站,两旁戈壁,与富庶无关。十七时至永昌,麦浪滚滚。由于超载,车主被交警罚款,想到上车时,车主向一带着小孩的妇女厉声索要车票,被罚款也是活该。过永昌县城,距金昌五十一公里,河西堡烟雾袅袅,人口少,市容整洁。十八时到达金昌车站。胜才、子风来车站接我,领我至一家饭馆,电话约来了夏冰。夏冰曾在1989年暑期做甘南行,未能谋面。十九时,嫂子领着彰儿来到饭馆。彰儿考入北京大学国际关系学院,精锐、嫂子脸上全是幸福。二十时,随胜才去他家里住宿,在楼道遇见了一位故人,岁月流逝,已不复记忆。胜才妻名艳琳,山东人,架着眼镜,娇小可人。有小女安滢,顽劣无比。胜才粗大,妻却很细致。山东丫头多才,也很厉害。我们喝着饭间残酒,谈一些文学旧事。胜才拽我去看书房,志得意满。胜才幸福。凌晨一时就寝。

博尔塔拉的梦

3日,六时起床。精锐电话很快就过来了,大家匆匆吃了牛肉面,和胜才道别后,就上路了。精锐第一次驾车长途旅行,有些兴奋。出永昌,沿途皆为高速路面,一路驱车,中午就到嘉峪关。午饭后一路西向,十六时到达玉门。风电机在戈壁林立,一对旅途中的新人在电机下拍纪念照,纱裙被风带起,也是戈壁美丽景色。十六时二十分,我们从安西绕道敦煌,敦煌已停止售票。稍作停留后继续北上。安西是世界风库,戈壁温度极高,一个妇女在路旁摆了瓜摊,她以纱巾遮面抵挡风沙,声音很柔和,瓜很甜,却十分便宜,想来收入有限。二十一时,到达星星峡。精锐意欲在这里留宿,感受一下过去土匪出没的地方究竟是个什么滋味,这里也只几十户人家,难以留宿。在一家小饭馆吃饭时,主人笑称:"这儿是全国最'大'的镇子。"精锐看看地图,距哈密二百六十九千米,在得知沿途全是"高速"的答复后,大家又出发了。没想到沿途只是一级公路,凌晨三时三十分才到哈密。路途生疏,车子在城外辗转来

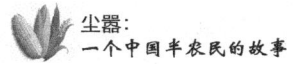

回,四时才在电力宾馆就宿。看着晚儿洗漱后方才休息,精锐早已和衣进入了梦乡。一天驱车二十一小时,行程一千四百千米。他虽精神良好,想来也是筋疲力尽了。

4日,九时。精锐敲门,唤我去喝他的普洱茶。十时从哈密出发,一路戈壁。十五时,过吐鲁番,这里的瓜果驰名中外,但沿途却未见果摊,只见旅游车频繁出入葡萄沟。十八时二十分,到达乌鲁木齐城外,大雨瓢泼中,亚洲最大的风力发电厂尽收眼底。有两辆轿车在雨中飙车,雨雾溅起,嫂子很是兴奋。十九时许至乌鲁木齐,借宿在彰儿的大姨家。姐夫是个搞文艺的人,幽默风趣,加之有了些酒意,夫妇间笑话迭出。我和精锐少了幽默,只是陪着姐夫说笑。姐夫的儿子刘乾今年考入济南大学,成绩超出了录取线四十分,大姐一直自责,没有给孩子当好参谋,大家的话题也没有离开这个。乾儿于前几日去了博乐姥姥家。乾儿、彰儿考得都很不错,我为他们高兴。晚儿看到大家对北京大学如此看重,突

博尔塔拉的梦

然在我耳旁悄声低语:"我将来也要上北大。"我笑了,什么话都没说。

5日,七时。精锐已醒。我电话约了打工的外甥龙龙见面,龙龙在新疆出生,只回过一次老家,学校毕业后,一直在乌鲁木齐电信部门工作,十年没见,孩子已经长大了,脸也晒黑了,也有了风霜之意。心里有好多话要说,此时却又不知从何说起,给他买了一条烟,却塞不到他的手里。十时,我们从乌鲁木齐出发,市区路标指示牌稍显混乱,找不见出城的路径,精锐也有了烦躁之意,一小时后才上了乌奎高速公路。担心精锐疲累,我们聊起了一些文坛旧事。精锐虽离开文坛多年,但他深谙人际奥妙,他谈到了当年金昌的"三剑客",谈到创办《偏西风》(后来金昌文联的《西风》杂志正是得名于此)的经历。世事沧桑,宠辱之际,友群也会离散,当年金昌的诗坛三剑客,精锐淡出,夏冰消隐,廷国走了另一条路。沿途绿洲蓬勃。十七时许,终于到达博尔塔拉。博尔塔拉蒙古族自治州,是中国最早开放

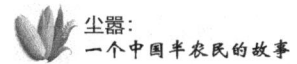

的陆路口岸之一，城市规模虽小，但还算繁荣。精锐的岳母电话过来，说是在路旁等候我们，可还是找了好久，才与老人汇合。老人一见就笑着说："见了精锐的车子了，可我怎么见一个老汉上了车子？还以为我看错了。"显然是我下车打听道路时，老人看见我了，胡子邋遢而又驼背的桑子，可不就是个老汉吗？我笑着给老人说："姨，你看住精锐就是了，管他谁上了车子呢。"老人快七十了，身体也不好，现在一家团聚，他看着十分高兴。老人招呼我们吃饭后，我和晚儿打车来到二姐家。二姐一家1980年来新疆谋生，由于经济困难，二十多年也只回过两次老家。1997年腊月，很少出门的二姐只身返回老家，途中连惊带吓，回家后大病了一场。1998年4月，我送二姐返回新疆，途中艰难，回到合作后，我的头发也是大量脱落。虽然姐姐姐夫日渐苍老，见一家平安，我的心里只有喜乐。来新疆之前，听姐姐说要换房子，以为他们努力多年，终于有了些积蓄，这时才知道是因为外甥女兰兰幼年罹患白血病，医治时留

博尔塔拉的梦

下了后遗症,家里为她登记了三级残废证明,而自治区政府为了改善残疾人的生活,给家里资助了一万二千五百元钱,这笔钱必须用在改善房屋方面,雨季来临,项目又催得紧,这才换修旧房的。姐姐一家务农为业,种植三十亩地,家庭年收入在八千至一万元之间,日子可以安居,但要以此还乡或用于他途,显然也是力不能及。

7日。姐姐一家忙着修房,而我竟是睡了整整一天。夜里精锐电话过来,想要去赛里木湖,约我一同前往,博乐工作的中学同学可恒,也叫我去赛里木湖。来新疆不易,只想多陪姐姐几天,于是婉拒他们的好意。又拨通老家的电话,知道母亲浑身疼痛,正在打吊针时,突然有了急于返乡的打算。精锐发来短信,准备回去时去克拉玛依,看看喀纳斯湖,再南下至库尔勒,然后北上至吐鲁番回去。他只身一人开车,来的时候就很揪心了,就劝他原路返回去。姐姐辛劳大半生,说起往事时,眼泪不时地流下来,作为弟弟,无力助她,只有祈求上苍

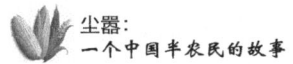

眷顾她们的平安。这里距博乐二十五千米,昼长夜短,夏天炽热异常。有一个河南兄弟,帮姐姐一家修房。工价一天九十元,他来此地六年了,刚刚买了一座院子,也从未回过老家。这里的生活似乎很好了,却又与想象差了好多,中国的农民大概都是如此吧。几天来,我们所谈的话题,总是离不开兰兰的身体和将来。看到兰兰脸上由于输血不慎而长出的毛发,暗自担心,但她性情开朗,无知无识,似乎一切都没有放在心上。只是到了婚嫁年龄,却说不上一个合适的婆家,姐姐心里十分沉重。晚儿要和姑姑一起睡,我也很高兴她能和姑姑多说说话。世间的苦痛总是包裹着欢乐,也交织在梦境与现实之中……

9日。精锐和彰儿来姐姐家。听说客人要来,姐姐反复念叨:"客人来了没吃的,吃什么呀?人家会笑话的。"我安慰姐姐,家里有什么就吃什么,没关系的。我去路口接精锐。这里名小营盘,姐姐家在四大队。姐夫陪精锐聊天,他从小受苦,对目前的生活已然十分满

博尔塔拉的梦

意。院子里有一株葡萄树,很大,尚未成熟,姐姐就摘下来让精锐他们品尝。精锐临走时,姐姐给他掰了些自己种植的苞谷和番茄。

10日。要回去了,有些难过,我抱着姐姐,姐姐的眼泪直往下掉。她说:你十几年才来一次,啥都没吃上。我劝姐姐不要哭,可自己的眼泪却冲出了眼眶。姐夫送我到了博乐。精锐也收拾好了,和亲友一一道别后,我们又出发了。有了来时的经验,回去就从容了许多,一路无话,太阳尚未落山,我们已经到了吐鲁番。登记住宿后,大家在夜市上转着,来到一位维族老人卖葡萄的摊上,挑好葡萄后让老人秤,老人一边嘴里念叨:"三公斤么,三公斤么。"一边大把大把地往袋子里装葡萄。葡萄提在手里,我明显感觉超了斤两,大家悄声议论这个维吾尔族老人的特别,心里都在想,大概葡萄是老人自家产的,夜深了,急于脱手后回家,这才给他们给过了斤两吧。等回到宾馆清洗葡萄时,才发现葡萄大多已经坏了。大家都笑了,感觉多么容易出错啊,不过上帝认

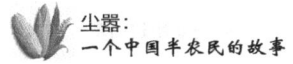

为，人的所有缺点中，唯有一个缺点是可以被宽恕和原谅的，那就是轻信。老人透出的狡黠，大家也多了路上的谈资。夜里和精锐聊了很久，凌晨五时才睡。担心鼾声吵着精锐，于是先去冲澡，上床后听见精锐均匀的呼吸。而我似乎没有了睡意，一直睁着眼睛，也不知道什么时候睡着的，醒来时已是第二天上午九时了。

11日。赶路至安西。安西现名瓜州，所以更名，还有一个有趣的笑话，说是安西谐音安息，安西之东，又是酒泉，这就有了酒泉之下安息的趣话，政府官员忌讳这个，于是更名以求吉祥。至瓜州已是夜里十一时，住下后不久，房间的电话响了，精锐去接电话，接完电话后的精锐嘿嘿嘿地笑着："还有维吾尔族的，有汉族的，有甘肃的，有新疆的。"精锐平静地说了声不需要。两个人很是感慨，小小瓜州，有瓜倒也罢了，没想到还有野花。戈壁之上，想来也是生存不易吧。

12日。按照行程，可以轻松回到金昌了，行来也就很逍遥。过张掖时，精锐电话联系一位朋友，因为这个

博尔塔拉的梦

朋友的孩子，今年也考到了北京大学。这里有我的同学高荣和孙瑛，也想在张掖稍作停留，能见见两个同学就最好了。但精锐的朋友在老家答谢亲友，此时不在张掖，我也就没好意思麻烦精锐多作停留。十七时，至永昌。精锐领我见了他的朋友张明。张明，个头很高，画画、摄影、音乐都玩得来，他的工作室书卷气很浓，清雅闲适。张明为大家泡了一壶茶，就和精锐聊起了茶具。自己没有妙玉般的天性，也是个喝茶做"姥姥饮"

的粗人，只好让张明频频斟茶，见他们聊得很有兴致，笑着说："我刚刚批评过诗意，看来兄弟们都很讲究这

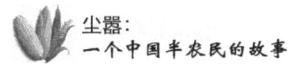

个。"精锐说:"这不是诗意,只是想活得精致。"张明为大家斟了一杯韩国白酒,很醇,又放了一个新拷贝的乐碟,上面有精锐喜欢的几支曲子。对于音乐,我同样长了一双牛耳,《坦克师之歌》我却十分爱听。张明说好像是瓦格纳的。瓦格纳的曲子我听过几首,有些恬俗,与这个有别。在张明的画室,见到了一幅画着他朋友魏勇的画,酣睡的样子,我真是喜欢极了。我们都上了年纪,见他们都还坚持着被精锐呼之为精致的生活方式,讶异之余,也觉出了这个地方读书人的可爱。二十二时,来到胜才家就宿。知道小平在胜才家等我,很是开心,但所聊无已,他和精锐就回家了。一路行来,太过疲累,加之在山丹吃多了饭,上吐下泻,的确一个"猴拉稀"了。安滢一直在等着晚儿,但晚儿被嫂子留在了自己家里。安滢哭了。胜才是个酒罐子,我已经躺在了床上了,胜才手里还执着酒杯,眼睛亮亮的,似乎还没有喝够似的。

13日。午饭后,精锐、小平、胜才、子风相约一起

博尔塔拉的梦

去城郊公园。公园虽是初建，已见秀美。大家谈论着这个人工湖泊，话题也就扯到了地方政绩工程。文化的积淀需要时日，金昌有钱，是国家的镍工业基地。只是旱地凭建这样一个湖泊，养活它确非易事。市民来这里休憩，有许多人下水了。胜才说这样很危险，已经有几个人溺水而去了；从公园回来后，胜才领我去了一间茶屋，胜才和小平喝着啤酒。精锐想斗地主，我好久没玩了，正合我意。在我和子风、精锐三人小玩时，胜才、小平就显得孤单。甚至在呼我们吃饭时，我们还是玩兴正浓。他们都是熟人，而我是客人，深觉失礼，内心惭愧，却不便明言。

明天要回家了，叨扰朋友多日，只有等他们来甘南时一尽地主之谊了。或者他们中的有些人，是终身不会来草原的，但我想君子之交，本来就是如水淡然。一路行来，颠簸劳累，也辛苦精锐了。碌碌数十载，志虽未伸，而道也未屈，名虽不华，而行也未淖。就在内心深深地祝福着大家吧。

附记：2013年正月，二姐走了。当我和四弟赶去博尔塔拉时，二姐已经下葬，残雪紧裹着戈壁滩，连起个坟头的软土都找不到。那几夜的月亮，也似乎更加凄冷了。语曰：习方三年，无可医之病；医病三年，无可用之方。一世的亲情，已然是入骨的疼痛，又有何方可以除去呢？就以2007年的几篇日记聊解怀念之思吧。

尘埃总是随风而起

凌晨一时,他已经准备休息了,电话铃响了:"爸爸,我要结婚了,你高兴吗?"他说:"当然了,喜欢他吗?""喜欢,和你一样。"她哽咽着说,"爸爸,我们结婚的时候你能参加我们的婚礼吗?"他说:"如果没有课,我一定会去参加的。"

她毕业快两年了,在学校的时候,并没有引起他的注意,但她学习非常好,而且十分爱掉眼泪;另外,在他的心里,班上的四十六个学生其实没多大不同。他一

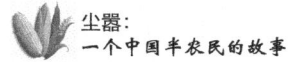

如既往地跟操、检查晚自习，也会因为学生逃课对学生拳脚相加。有一次，他把一个没去上课的学生，一脚从床上踹了下来，吓得这个学生只穿了一条单薄的外裤，大雪天跑到了教室，第一件事便是掀起衣服，向其他同学好好展览身上的鞋印。但学生似乎并没有因此而记恨他。虽然在这个高原的学堂，也曾经发生过因为批评学生，使学生对老师动刀子的事情，但他粗鄙的性格考虑不到这些。学生们不应该有什么怨言吧？他有时候也会沉思。

他还是太简单了，班上一个上过预科的学生，在读预科时就已经很有名了，其他的老师都会摇头，可在他的眼里，那个学生也挺好。班上的女生总会问他一些尴尬的事："老师，你怎么经常穿着这件衣服呀？从开学到现在，好像就没有看见你换过。""老师，你为什么不当官呀？我看人家两个小主任就管着你一个。""老师，你为什么不写诗了？""老师，嫂子怎么那么年轻？看上去就好像和我们一样，像个学生，你肯定很爱嫂子吧？"

尘埃总是随风而起

"老师,我爸爸和你同岁,我都上大学了,晚儿怎么才那么大?"他都苦笑着,好像没有个准确的答案。

但他知道学生的厉害,就在开学的第一天,他们就曾窃窃私语:"哎呀!惨了,学校怎么给我们安排了个小老头当班主任呀?"他苦笑着,因为他就站在这个说话的学生身后。直到有一天,从女生的宿舍里,传出了那个几乎被所有老师都摇头的学生的话:"在这个学校里,我就服兑兑一个人,其他的,哼。"他听到后仍是苦笑。她们叫他兑兑。他想不要叫小老头就很不错了,至于叫其他的什么,那已经是很优待他了。

她们有时会非常放肆,开着他的玩笑,夜深了,她们还是没有睡意:不知道兑兑在干什么?是不是和嫂子在那个呀?哈哈哈哈。有两个发育非常成熟的,更是肆无忌惮,她们互相称对方为蒙牛和雪顿。其中的蒙牛甚至夸张地指着自己的胸部说:"我的这两个,以后明显孩子是吃不完的,对吧?大显了,也不能浪费,到时候我的孩子一个,我的先生一个。"雪顿则不甘示弱,大笑

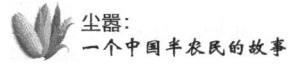

着:"我的可说不准,说不定是左边的给丈夫吃,右边的就留给另外一个他吃了。"

学生们似乎有说不完的话,用不完的精力,但只要是上课出操,就显得无精打采。男生们经常在和他斗法,想尽办法要多逃几节课。但他们却会为了一点助学金争得面红耳赤;会为了一门不及格的课程,想出各种歪门邪道;会因为所谓的失恋而痛苦不堪,甚至想到自杀。这些他都费尽了心力。有一天,一个男生没来上课,他正在讲课,这个男生却进了教室,摇摇晃晃地卷着舌头说:"老师,你就是我的父亲。"他见那个学生已经醉了,就呵斥他赶紧回去休息,并派了两个学生架着回去。可那个学生却转身对着全班的同学说:"你们都是笨蛋,老师就是我的父亲,你们如果不听他的话,我跟你们没完。"他照样还是只有苦笑。

有一个失恋了,那天他没课,可电话还是把他催到了学校:"老师,你快上来,马国军要自杀,被子都收拾好了,但刀子不见了。""人呢?"他问。"不知道,老师,

尘埃总是随风而起

你快点来，我们很害怕。"等他跑到学校时，见班上的同学正围着马国军，他气急败坏，一脚踢到了学生的腿上。他说："就你这德行，人家嫁给你，你有什么能力养活人家？""有两个蛋糕，我们一人一个，有一个蛋糕，我们一人一半。"马国军嘟囔道。他没好气地说："你就是有吃不完的蛋糕，难道人家跟你，就是为了吃一辈子蛋糕不成？！"他本来是打算在找到这个学生后，要狠狠地揍他一顿的，但此时的他，却也是一点脾气都没有了。

他就带着这样的一个班。这个被称为史地班的，学生的成分十分复杂，三分之一来自预科班；三分之一来自其他专业学习跟不上而转到这个班的，或者留了级的；正式通过高考招进来的只有三分之一。记得刚入校不久，班上学生的情绪就很低落，因为学校里传出了这样的议论："如果你们谁不听话，就把你批发到史地班去；如果谁不好好学，就到史地班去。"他看到大家情绪如此低落，也没有什么好的办法，他只是一天紧跟着他们，尽量的不让学生独处以免瞎想，让学生觉得日子里不只是

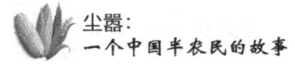

自己，身边还有许多人，他们的欢喜和悲伤，也就不只是属于自己了。他说："学习本就是苦的，书更是一辈子读不完的，可能会有遗憾，没关系的，一辈子其实挺长，身边走着日月，有风有雨，怎能没有一些遗憾呢。只要没有后悔，人生也就足够圆满了，谁又不是一辈子在学习中度过的呢。未来大家会面临许多事，都会影响到大家的生活，至于关于史地班的闲话、笑话，还不至于放在心上吧？是不是我们自己有些太小了呢？难道要为了这些闲话，放弃三年的学业吗？只要你们把自己融入集体，成为大家的一员，一切不快也就消失了。""老师，你主张我们谈恋爱吗？"有学生问。他说："什么是朋友？能引领你的精神向上升高的人才能是你的朋友。这和恋爱不同，你们拿什么去恋爱？爱情的结果只能是家庭，只有当你打算将自己的心完全托付给对方的时候，你们才可以彼此相爱。况且你们虽然在集体当中，但并不意味着就已经是大家的一员，作为大家的一员，意味着必须服从于大家的荣誉，可你们连起码的纪律都未能很好

尘埃总是随风而起

地遵守。纪律约束之下的自由，才是真正的自由，反之就只是放纵了。"大家私语着，脸上仍然是迷茫之色。他说，"所谓的快乐教育皆是虚妄，好的教育，也只是希望大家能吃得香、睡得安稳、走得放心，仅此而已。就像对面山坡上的春草，虽日不见其长，夏秋终于会变得蓬勃。更多的时候，你们不是太苦了，只是太幸福了，这才有了许多的牢骚吧？就像小草庇于大树，稍有挫折，便觉风霜频至，然后便是一通脾气。历史虽是普通专业，却是人文学科的根，讲求的就是无用之用。"

就这样，他在忙乱中带着这个班。学生好像有出不完的事，不是这个生病了，就是那个住院了，他不得不放下手头的一切，忙着学生的事情。外班也有生病住院的学生，相对于史地班的学生病房里挤满了探望的同学，他们的冷清是明显的，他们嘀咕说："真羡慕你们班！"学生们脸上显出了骄傲。但他们照样能逃课就逃，他也照样该骂就骂，该打就打。他对这样的一代人突然有了失望的想法。同时，他也痛苦学校的

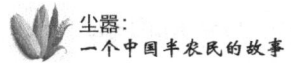

规章,除了增加大家的重复劳动外,制度显得如此幼稚。但他没有办法,只有苦笑。

日子过得很快,转眼两年过去了,有一天他上完课,风雪中往家里赶,一个短信来了:"老师,雪很大,回家路上小心。"又一个奇怪的短信来了:"老师,你就像个牧师。"可是事实上,他只是这个世界普通的一个愚人,暂时守护着内心的安宁而已。他不知道是哪个学生来的,但总是自己的学生,他回了短信。就这样他和这个不知道是谁的学生,以短信的方式谈心了。

直到一天夜里,在晚自习后回家的路上,她扑入了他的怀抱,她浑身都在发抖,手心都湿透了:"我……我……"她结巴了。在甘南草原寒冷的风中,她的声音似乎都在颤抖,"我想叫你爸爸,可以吗?""当然了,你本来就和晚儿一样的。"她说:"不是你说的那样的爸爸。"她给了他一本厚厚的日记,低声道,"爸爸,你回家后再看。"他满是好奇,但他在深夜里读着她的日记时,他还是震惊了。她爱上他了。日记里写满了痴情的

尘埃总是随风而起

言语,甚至她说:"如果不是因为嫂子看着很弱,又很善良,我就要把他夺走了。"她平时那样柔顺,没看出来居然因为宿舍里的个别同学开他无聊的玩笑,还和那个同学打过架。她说自己知道这样的爱恋不会有结果,所以想叫他爸爸,因为他和她的父亲年龄一样。

陈寅恪在《柳如是别传》中说:"世情人事如铁锁连环,密相衔接,唯有恬淡勇敢之人,始能冲破解脱。"这是他给钱谦益们指出的一条道。但可以肯定的是,钱谦益们是不会走下去的。他了解到她父母双全,家庭幸福,不像是要找父亲替身的人。他知道出问题了。他找到了她,和班长一起去了学校对面的东山坡。当草原偏于山间一隅,本不足以容万物,而草木之生更是日微于一日,也不足以养高校于此,但东山可以徐徐登高,虽然草原破坏严重,山体皮毛被猪拱毁几近,只是气振云翅,风鼓衣袖,在山坡与牦牛小羊周旋,看白日西逝,几乎成了学校师生最快乐的去处。

他们在山坡上走着,鸽子在天空飞翔,如果是在谷底，就算是成群的一组，也不会看见，但只要与天光结合，就会看到它们多么自由。他们聊到了爱情，爱就像是一个人的眼睛，只要不是个盲人，随时都能发现，而情却像是心脏，只能深深地埋在心底，只有当两颗心脏软软地碰到了一起，情才能与爱结合，也才能结出成果。为爱情而好好生活的人，都是光明和幸福的人；为爱情而献身的人，不能说明他的执着，只能说明他的傻气，因为只要有爱，情就会随时出现。而生命确然只有一次，情永远只能是爱的孩子。

尘埃总是随风而起

那时的东山坡，春华早逝，秋实已敛，只有乔松独立，不改初心，守着岁寒之盟。快要立冬了，云霞灿烂，尽是文章，又有残雪以助文思。她和班长都依偎在他身旁，他们聊了很久，而俗世的最难处，便是活得很累很茫然，却始终活不出自家的面目。之所以有的人不一样，不只他们性情过人，也在于他们拿起时一力担当，放下时悬崖撒手，他人的眼目，是不会放在心上的。这样的人多是英雄，虽给人沉着痛快之感，在俗世却少有知己。而只以他人眼目为生活动力的人，就算是朋友遍天下，也不过绣花枕头，学步于别人的脚跟罢了。无边苦处，无限业识，世间以幻作真的，不知又有多少，或许见了醒了觉了，方才悟得一切皆是睡梦里吧。你看这个世上，又有多少人怀揣大痛，不得不将高处、远处之事，暂时放在另一边呢？她的眼睛湿润了。

僧肇说："妙尽之道，本于无寄。"大抵是说玄妙圆融的一切，原本都是不落行迹，无所附丽的，而无所寄托的理体理境，也必须自我解脱，泯绝尘埃，方可以达

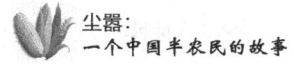

到。对于枯寂的心灵来说，即使你付出了全部，并不意味着会有收获，但对于一些敏感的心脏，即使你付出的只是一点点的爱怜，也会促成心灵的成长。人们常说往事像风，但他觉得更像是尘埃。世界上的一切事情，都会像尘埃一样落在地上，只是因为风，才会暂时升腾起来。但这样的尘埃，终究无法永远地运行在天上，它们终究是要回到地面的。

　　她找到了自己的幸福，短短的不到两年的时间。他为她感到高兴，心里却升起了一丝伤感。这个世界多了一个疼她、体贴她的人，少了一个可能互欠情债的敌人。他突然有了一种惊心的感觉。他想，对于一个女人来讲，爱情往往都是最软弱最致命的，女人就是靠着这种软弱生存的，也是靠着这一切，才与男人世界的角爪对抗着，在这样的一个时代，真正善终的感情又能有多少呢？即便是苦心孤诣经营着的爱情，不是也一样充满了苦难吗？或许，这个时代更需要的就是心灵的感动，也应该是肉体相对的麻木吧？也只有这样，才能让感情在冷寂中慢

尘埃总是随风而起

慢强大。

真正的悲哀，往往是无法言语的，就像夜里起了大风，骨头才是最清醒的一样。是的，她的苦不就是一个孩子的苦吗，很快就会过去了，又算得了什么呢？日子的高低、深浅与广狭，其实都是心灵的反映，很自然的，这也是一种力。俗世中的思致，也总是慢慢成长的，特别是肠热心慈之人，胸中虽也会酸涩，更多的反而是因用力过猛，以至于显得率直生硬，惹人生厌。人们喜欢恬静宽容，但在俗世中，恬静会很难，而宽容则极易放纵同情心。与之相比，情热觉敏反而更应该培植，因为它不仅需要健康的身体支撑，更需要健康的心理才行。

就在他平安送走史地班之后，学校发生了让世界震惊的枪杀事件。他心灰意冷。他又间接听到了那个读过预科的女生，在兰州被人用刀捅死在了歌厅里。失落之际，他奔赴了乡下。史地班的四十六个孩子分赴各地。其中有的已经工作，有的仍然滞留家里。他无能为力，不能助他们一丝力量，他对自己充满了失望。但在几年

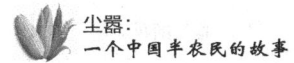

的大学时光里,他们四十六个人,不,应该还包括了他在内,他们对于度过的三年是不会有遗憾的。他们庆幸遇到了他,他也庆幸遇到了这四十六个孩子。

生命无论多么漫长,都是一分一秒过着的。为了避免麻烦,学生离校以后,他换了电话号码,但还是被大多数学生打听到了。有问:"老师,我想干行政,你看行吗?"有问:"老师,我想入党,你同意吗?"甚至有电话过来:"老师,家里给我找了个对象,我给你说说情况,你给我参谋参谋。"他们的电话和短信,使他知道了大家的行止。他现在正在替自己的媳妇值夜班,一个人睡在公路段的值班室里,万籁静寂,月亮更圆更冷了,但这个电话却把他勾回了以往。

同时他也笑了,如果去参加她的婚礼,很可能见到几个对他"失望透了"的学生。就在他们离校的前夕,他准备把四十六个孩子都叫出来吃顿饭,他无力请学生吃什么大餐。因为他知道学生的家庭经济困难,每学期只象征性地收取极少的班费,没有班费,惯常的毕业聚

尘埃总是随风而起

餐就取消了，加上毕业前事务繁杂，竟然漏掉了几个学生。后来，他听见其中的一个这样说："这个学校再也没有什么可留恋的了，对于兑兑，我是的确失望透了。"因为一顿饭就对他失望透了，他也只能苦笑。那么见到他们之后，他该怎么说呢？

花与女孩

现在把女孩子比作花朵,有人会笑这样的比喻,觉得有些俗气。当然,不是花俗气了,也不是女孩子俗气了,而是文人的心理俗气了。说这样的话,也就表明了自己的观点,他觉得再也没有一个更恰当的字眼比花朵更适合女孩子了。

有用水形容女孩子的,但水很多时候显得凶猛;有用钗比喻女孩子的,又有哪个钗头不显得冰冷呢。也有用其他的比喻女孩子的,但都没有花朵来得恰当。花是

花与女孩

善良,花是美丽,花是柔情,花是温暖,花是世俗,花是衣食住行的伴侣,花是梦想与现实,花是忍耐,花是生命的灯盏……一句话,花就是女性。他热爱着女性,所以他爱花。

下了一夜的雨,房间很凉,六时他就起床了,晚儿照例要去补课。看着她还在熟睡的脸,就像平常见到了花朵一样。

他之所以这样,也是因为像花一样的这个女孩,现在就在他的眼前,你看她那样懒,懒得和她的被别人呼之为张邋遢的爸爸一个德行，他却只看到了她的可爱。就在昨天晚上，她和她的妈妈看着日历说："看，过几天就是父亲节了。"他的电脑刚修复，正想好好斗斗地主呢，就说："什么父亲节？真是的！"她们就没有再说。当然有她们的善良、温暖和亲情。他没有对这朵花进行价值重估，但这样的精神泉源，却濯洗着他的人性，使他身心清净，使他没有烦恼，使他的性情越来越平和，使他越来越觉得自己变得可爱了。

这样的人世因缘，也使他想冲向大街，拥抱那些平时闹过别扭的人。因为他是花的儿子，花的夫君，花的父亲，同时也是花的朋友。

以前，晚儿曾对她的几个阿姨说："我爸爸见了女人腿子就软了。"他说："可不能乱说，到处败坏老爸的名誉。"现在的他，可以大大方方地关照着这个世界的任何一个女性，他的心里充满了对女性的热爱和尊敬。他不仅可以呵护这样的因缘，他还非常珍惜这样的因缘，想用生命去滋养着这样的因缘。他伸出的手早已没有了暴戾，只有临花轻绕的父兄的骄傲和爱意。

晚儿补课还没有回来。萍儿累了几天，迟起后正在看电视。昵称叫蒲公英的网友说博客太费时间，她有许多的课业。若兮想要继续她的女红。燕子还是一如既往地快乐着。只有那位昵称叫桃花源的，由于自己的无意，使她关闭了博客。他看见草原的山坡已经绿了，也看见了世界上的女性幻化成了美丽的花环，在天际舞蹈着、歌唱着、幻想着。

她们是对的，在不朽之中寻求庇护，该是多么的幸运。荆棘途中，即使事业微小如尘，也强似口头取胜、纸上增长了。他的确有些老了，不敢幻想了，但这个世界离不开她们的幻想，就像离不开花朵一样。哦，有一朵花瓣轻轻地落在了他的肩头，这可能就是桃花的一瓣吧？嘘，别出声，不然又要不见了。

成为品质更好的士

读独化是件艰难的事。他与我不近不疏,电话通得很少,几乎每次通话,他都会有"他妈的"这样的口头禅。记得以前曾为这样的口头禅批评过阿权兄弟,那也是因为阿权尚小,对于独化这样的老毒物,我却不便置喙。心里虽然觉得不那么舒服,但二十年未见了,听见了这样的口头禅,似乎感觉到独化的人生尚还圆满,因为他在说这个口头禅时的语气,确也是踌躇满志的味道。我为独化感到高兴。

成为品质更好的士

想到学生年代,独化、新年、平喜与我,在大雪天把自己几乎是仿作的东西折腾着打印出来的劲头,再想想二十几年后的今天,四人中也只存活了三个,而平喜已到了另外的世界。活着确实不是一件轻松的事情。按照独化对士的解说,那应该就是:"士终生在思考着一个问题:活着。"再按照独化对死亡的解释:"士之死,乃其智之穷也。"四人中存活的就更少了。然我不觉得遗憾,也是因为活法有多种,即便不为士,世俗人生也可以过得十分圆满。

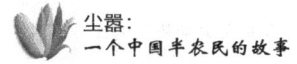

这样的感觉在独化那里，是不是也这样呢？独化在这些年来写出了不少的文字，这些文字首先打动了独化自己，其次是打动了我。2007年的时候，我得到了一本老家兄弟振羽写的册子，读到了独化几个人说诗歌、说散文、说小说的文字，我还从来没有遇到过这样对自己的文字着迷，甚至是有些自恋着自己文字的人。没想到的是，独化却是赫然的一个。

独化说："我的写作，'灼热'这个词语我第一次从贾樟柯的口里听到，听到便记下了，它似乎可以说清我目前的一切，尤其可以回答我'为何写作'的问题。"这应该是很夸张了，独化学习汉语言，这个词应该早就知道了的，只是这个电影导演的话烧到了他当时的心境吧。独化说自己是在焚化了学生时代的两箱稿子后的第二天"就悄然离校了"。

那个时候的独化是个青年，这样的举动，应该是成熟的表现吧。但真正成熟起来的独化，却是从写士开始的。"一个人只能按照他的理解去做。"这是独化最终独

成为品质更好的士

立的象征。独化说:"我用札记的形式写下了大量的关于'士'的文字,我在这种人身上找到了一种人生信仰。士农工商,已到中年的我已经别无选择了,只能做一个读书人了。而做一个好的读书人实在太不容易了。""我在写作'士'的文章的时候采取了顾炎武'采铜于山'的写作手法,'早夜诵读,反复寻究','终日危坐一室,左右简编,俯而读,仰而思,有得则识之。或中夜起坐,取烛以书'。"这样,他成就了《士说》。

这个时间是2000年。2000年左右的独化"才真正体会到了读书的快乐和写作的快乐",并认为是"士"指明了他人生的方向,给予了他做人的力量。

到底是他从读书中找到了说士的切入点,并从中体味到了快乐,最终又是这快乐给了他力量呢,还是世俗生活中的某种快乐使他得以静心读书,并体会到了更深层次的快乐呢?我想这些都不是很重要了。这样的快乐持续了几年,也得以使世俗社会认识了这个叫独化的人。他的《士说》在北大《中国学术城》等刊物上出现,也得到了陈嘉映、鲍鹏山等人的首肯。或者，这才是独化手舞足蹈的原因吧？因为从他对《谏逐客书》的肯定，并誉之为"士之赞歌"一语就可以看出，独化的士，甚至包括了独化自己，对于来自世俗的肯定，应该都是非常在意的。

独化寂寞，这寂寞使独化充满了锥埋囊中的感慨与无奈。世间知音难觅，而知己对于士同样是不可或缺的。何况是对于今天的所谓士了，腰里无剑，就是手中的笔管，也很少有自己的自由。所以独化笔下的或者更被独

成为品质更好的士

化认可的士，也多为孔子以前的士，也就是他说的古士。只有这样的古士，才真正够得上他所想象的"高古，简傲，清矍"，"闪耀着人性的光辉"和"顶天立地"这样的评价。至于后来的士，确也是向着仕在转变。孔子说："君子不器。"而独化也认为，这个时候的士就需要"直面惨淡的人生，正视淋漓的鲜血"了。

或者，也就是从这时开始，士也更加在意世俗的认可与评价了。独化认为的士的精髓，就是一个力字。的确透视着真知。只是在世俗当中，无力感最强的，恰恰是君子而不是小人。成为君子的士也仕也，虽然自己并不把自己看成是个东西，但在别人的眼里，仍然脱离不了"器"的命运。而士也就是事，就是活。这也难怪陶公悠然间也要远望南山外，太白大笑间也要下山前往长安了。这样的理由，足以解释独化为何如此在意世俗的认可和评价了，因为古士只有在想象中才有，而为士又不能古了的独化及独化们，又何尝不是无时无刻等着世俗的"首肯"呢？何况来自于这样的首肯是充满了力量

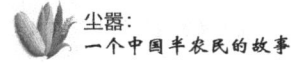

的，不仅仅关系到士的"事"，有时候更关系到士的"活"。这样的结果，终于使独化发出了做一个真正的读书人真是太难了的感慨。独化说的都是真话。

喜欢独化的文字，其实就是缘自独化的说士。虽然这些文字有许多沿袭的论调，甚至也有一些矛盾的地方，这也是因为在我看来，是独化想要概说士的结果。既然是试图概说，自然要浸浸乎大而全的。在这样的前提下，想要"全性保真"就很困难。况且独化还要教书，时间仓促，虽然他自得满满，要完全的"不以物累""不以风动"，的确是太过于苛求独化了。"古之真人，不逆寡，不雄成，不谟士。若然者，过而弗悔，当而不自得也。登高不栗，入水不濡，入火不热，其觉无忧，其息深深。"庄子的这个标准，也是大家心底最好的士的标准，也该是独化所有的士的理想人格。但独化对士的解说，还是给了大家很大的启迪。这也就是说，即使洒脱如庄子，不也要面临"启棺"的尴尬吗？世间多喜说双子座，可对于庄周来讲，又如何面对公孙龙们"其觉无忧，其

成为品质更好的士

息深深"呢?这是不是就是庄子最终趋于虚无和无用的原因呢?道家在解释人的价值时,得到了和佛家、基督几乎同样的结论,那就是人的价值,并不全在于"有用的程度"。在道家的书册里,对于那棵姿态幽美的老树充满了羡慕与肯定,得出的结论却又让人哑然:这棵树之所以能够成就幽美与浩大,正是因为它一直都是没有用的。这样的结论,真是让人有些气馁。

与道家的这棵树的命运截然不同,泰山上的五棵松树,因为为始皇帝遮挡过风雨而被封为大夫,号称"五大夫"。后来的人虽然对始皇帝充满了厌憎,却对这五棵松树爱护有加。可有不识趣如桑子的古人,对这五棵松提出过批评吗?但在浩浩荡荡的世俗洪流中,大家都在寻求着解决自身危机的方法,独化说:"士就是回答和处理生活中提出的所有问题的人。迎接生活,向生活挑战的人。将生活中至难至烦之事化简化易的人。"他说,是士"指明了我人生的方向,给予了我做人的力量。同时这个时期的写作也给我赢得了声誉和朋友"。他还说自己

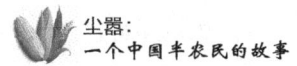

"苦心修炼,十年有余,心智大开,掘井见水,百感交集"。他掘的这口井在先秦,他也认为秦以前的文化是中国文化的根和主流。这些虽非独化的独见,却是目前来看仍然颠扑不破的事实。

李卜克内西说:"在业已改变的形势下不改变策略,并不证明性格的坚强,而只证明智力的贫乏;并不证明始终如一,而只证明无能为力。"独化没有如我这般地迂腐执拗,他顺着世俗在改变着自己的策略,按照世俗的标准,去完善着他作为一个士所能达到的最好的结果。他在二十年的教书生涯中,为这个国家输送了无数合格的学生,他的学生陈慧姝曾经问他:"你为何不涉足官场,厌恶?逃避?坚守?"独化说:"你说的原因都有吧。"但就在不久前,我听说他要参加一个职位的竞选了,我为他感到高兴。他做对了。因为他还说过:"士,其实是由王演变而来,乃无冕之王,没有王的权利、名分,但是却想王之所想,做王之所做。"虽然,独化在觉得像个知识分子的时候,想要做一个有"冕"的"王"

成为品质更好的士

了，但我更愿意把这件事看成是他更加入世去做事了。他对士的解说其实有些混乱，有些不够统一，但他的解释与儒家思想更贴近，而儒家更是主张大家入世的。他要去实践他对士的阐述了，作为朋友，就尊重他的选择吧，而以他的能力，他是能够把事情做得更好的。

对于士的解说构成了独化札记的主要部分。相对于他的这些札记，他说："我的写作可以分四个方面：一是札记，二是散文，三是诗歌，四是小说。"是啊，他还有诗歌、散文、小说等。

对于独化来说，他对于士的解说源出于寂寞，他在诗歌里感受到的，更多的却是与寂寞一样的孤独。我看到了独化在一篇文字里借烛之武的举动这样解释孤独："'臣之壮也，犹不如人，今老矣，无能为也矣！'从烛之武这个向郑文公推辞的简洁的话语中我们却看到了烛之武漫长的一生。烛之武的一生是孤独的，烛之武的一生是荒凉的，孤独而又荒凉的人生是谁也承受不了的。……中国历史中国诗歌更多的是'徒唤奈何'的历

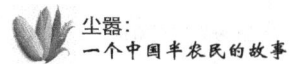

史和诗歌。……不如挺出！用一根粗大的绳索把自己从高大的城墙上吊到城外的夜色里，'夜缒而出''见秦伯'。我们还能有其他的选择吗？这是一个不朽的夜。孤独开出了奇葩。荒凉结出了硕果。"独化的这一段话，解释了他的诗歌状况甚至他的思想状况。诗歌中的独化是孤独的，他曾焚烧了自己的童稚之作，而他自认为的成熟之作，在这个世俗社会中，喜欢读的却也没有几个。我就是一个不爱读"独化体"（独化说是别人的赏赐）诗歌的人。

他的诗歌太过于简洁了。当然，简洁不是诗歌的缺憾，反而是诗歌的长处，不喜欢独化的诗歌的简洁，却是因为他把简洁看成了诗歌的使命。比如他的《我主持圆通寺一个下午》："它破败/它空无一人/我嗅到了我点燃的清香/我看到了花木上拂过的冷风。"这是他自己和大家公认的好诗，甚至连陈嘉映先生也说喜欢。独化说自己写诗歌是"严格遵循钟嵘的'但写所见，情有所感，眼有所见。辄可以成诗'的'直寻'精神"的。但是很

成为品质更好的士

显然，这只是诗歌的一种方法。对于这样的一首诗歌，如果不是用心去挖掘，那么，除了读到一些禅意和俳句的味道，就不会再有什么更多的发现。更为致命的是，这样的诗歌太冷静，很难打动读者的心思，让读者随着作者一同联想，而且入禅愈深，诗歌的变化也就愈少，这已经是被王、孟、韦、柳诸人的作品验证了的，独化读的是汉语言专业，对此又怎能不知呢？在读这些诗歌的同时，我注意到了赵鲲在《短诗中的自我肯定——独化诗歌之我见》一文里的评论："应该说是写实的，但也可以认为是对荒凉的人生之境的隐喻。"这个我同意。至于因为"它破败/它空无一人"，"'主持'二字便有了肯定与超越的意味"显然更是赵鲲的体味吧。

我也读到了人邻的《关于独化》一文，但人邻的所得也同样有限。《散文》杂志的刘雁给独化这样的文字下了"你的写法很清新，独树一帜"的评语。这个评语很恰当，却并不是就有了肯定的意思。文字的太过精简和吝啬，自然就会导致写作与阅读之间的障碍，就算是丝

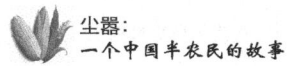

绸,一根或数根丝是不能织就锦衣的,即使巧针施线,也难以完成,只有变化纷繁,方能成就壮美的作品,风雷云垂之象方可蕴藏其中。

所以在我看来,独化在诗歌的写作观念上,逐渐走向了一个误区。他太在意文本的实验和存在的价值,却忽视了"文自有命"的事实,尽管"文自有命"是他自己说的,但他在"不用着急的"前提下,得出了这样"简短的结论:我的写作是有核的。'精研自己的存在',我写下了以及正在写下那个叫独化的人的我之目力所及我之听力所及我之思虑所致如此而已。我这枝'脆弱的芦苇',因了我的'思'和'想'逐渐变得正如帕斯卡尔所说的'强大'了起来"。

他在自己设置的"核"里,跳着傲慢而孤独的舞蹈,即使无人喝彩也在所不惜,就像希腊神话里自恋的少年那喀索斯一样,在水畔顾影自怜,全世界就只有独化:我这么美,这么有见地,这么孑然不群,怎么办呀?但是说到头,就算是有了"主持"的位置,自己主持的,

成为品质更好的士

岂不仍是一座破败的圆通寺而已吗?人邻说:"这个最后,如果不是绝望,就是大的境界。"人邻不愧是老兄长,他点出了这样一首短制,所能给世界的最满意的提示。但事实是,独化的心里却是"荒凉"二字,而且他说,荒凉是他"四十年的人生感觉"。

独化说:"我的诗歌和我的生活无关。虽然我写的全部是一些日常的生活。"这从他类似的诗歌中都可读到。看他的《荒凉四行》:"花(树,草……)/鸣(鸟,虫……)//在一个心底荒凉的人/一切都是荒凉的。"看他的《湖畔》:"树们:高则高好,低则低好。/花们:有花也好,无花也好。/丛生的草,流动的水。/我有了一种禽之孤独和快乐。"看他的《一种认同的失败》:"我无法达到你的静。/喧嚣中的静。高度自信的静。/我开不出你层层叠叠的花。/尘土中的美。于无声处的美。"独化找到了每一个诗人可能失败的根源,却又无法在诗歌里拯救自己。与他在札记通过对士的解说,完成了自我精神的解放不同,诗歌里的独化,仍然在坚持着他的简约和执拗。是不是独化在

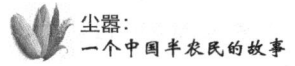

诗歌里失败得太久了?"偏执,忧伤,焦虑/这些原因逐渐使我变成了一枚空壳/冰冷。落满了灰。幸甚至哉/我再次完成了一粒饱满的种子的回归。"而对这样的所谓的饱满与回归的作品,肯定了的,也只《诗歌月刊》的余怒、《诗刊》社的大卫等寥寥数人而已。独化喜欢和崇拜着自己的同班同学唐欣,诗歌中也不时流露出口语化的趋向与嗜好,但即使如《告诉亲人》《回家》《兰州行》这样的篇什,在独化的笔下,却也是只有圆通寺里"破败"的气息,极少流露出为子、为夫、为父、为友的温情。

但我知道,他又是一个炽热如火的人。为什么诗歌里的独化会如此冷清与凋零?我好像还是在他的札记里找到了答案,他说项羽的倦:"项羽很倦。疲倦,慵倦,厌倦。项羽的倦从何而来?"他说:"疲倦。巨鹿之战之后的项羽的疲倦是可以理解的。""慵倦。'有美人名虞,常幸从','常幸从'的'虞'每日在成功洗去项羽征尘的同时,也使这个'猛如虎,狠如羊,贪如狼'的而立

成为品质更好的士

之年的人的身体不可避免的困倦和慵倦起来。""厌倦。疲倦是可以恢复的,慵倦是可以克服的,可怕的是厌倦。"而当"项羽召见诸侯将,入辕门,无不膝行而前,莫敢仰视"时,"项羽除了厌倦之外还会怎样"?!独化这样的解释可谓非常到位。但诗歌之于独化,远没有达到令他厌倦的地步,独化既没有打过诗歌意义上的胜仗,也没有实际意义上的辞章的红颜"常幸从"在身边,他那么地热爱着诗歌,却没有真正意义上的获得过"成功"。我以为是独化学习汉语言的出身束缚了他的诗歌创作,但后来的事实表明,根本不是这么回事。2007年8月,在独化的工作室,我看到了他精心收集的一个选本,里边张扬着文本为先的选择和主张。他把诗歌看得如此神圣,却不太用心于诗歌本身的创作,他的创作量并不多,就我所读到的独化的诗歌,还不能完全判断出他的诗歌最终的走向。他更关注于自己的诗歌能否在历史上流传下去的问题,他走上了一个世俗的反动,他本来就是以拒绝迎合世俗的写作姿态为荣的。

· 137 ·

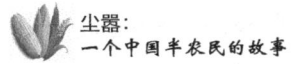

虽然，独化这样做没什么不对，但世俗皆以小麦苞谷活人，白银美玉固然值钱，却不能衣不能饭，有则有矣，无也无妨。他的诗歌从形式、从语言、从精神的开始，就有了浓浓的暮气，我可以读到他诗歌的美，却读不到未来，他的诗歌内部增长起来的是一种僵化的气息。确切说来，世俗虽然繁杂，更多的也只需要坦然的微笑，精致描摹过的脸谱虽然耐看，却在现实中永远不能成为生命盼望的日常表征。

就像道家的那棵树一样，如果想要求得华盖一般的命运，原来也是要大家看去"无用"才能够成就的。独化之于诗，却是已经成了诗歌幻象的奴隶了，他太想成为一个对于诗歌来说"有用的人"了。但在我看来，独化的这种诗歌追求，是与追求主流、追求主旋律一样的，进入了诗歌创作的反面，他在诗歌方面有些雕琢过甚，心思太密，失去了自然的味道。对于个体来说可能非常有用的东西，在时间的眼里，有的时候却是被弃如敝屣的。所以，虽然喜欢着独化已经面世的有些诗歌，却不

成为品质更好的土

主张他就这样将诗歌近似于复古式的写下去。他这样的诗歌实验,也与他希望通过文本的实验能使诗歌的路子更宽一些的愿望是相悖的,这样的创作路子,反而使他的诗歌变得更加狭窄了。

"我的写作我自己看好的,是我写于2004年暑期的中篇小说《财主和财主的儿女们》。目前认可的人不是很多。我不以为意的。"这是独化对自己小说的认识和对来自外界的评价的态度。可以看出他对这篇小说的偏爱。他"不以为意"看待评论是对的,对于《财主和财主的儿女们》本身的命运,何尝不是也该"不以为意"呢?我想独化是会同意的。

对于全文刊发在《延安文学》上的这个小说,他自己说得很多,和朋友们聊得也很多,而且得出的几乎全是肯定的结论。而我对这个小说却是否定的。我读了好几次都是颓然而返,一无所得。我曾经给独化说过,这个小说是需要解读的文字才能带着我读下去的。难道是我迟钝老迈?难道是独化的小说太过艰深?现在我才慢慢明白，原来是独化压根就选错了小说的语言，小说是通过叙述和描写反映世俗生活的，在《财主和财主的儿女们》里，这一切却不存在了，有的只是独化的思维与想法的跳跃。我看不到文体的自由，只看到了局促；看不到独化是怎样属于和融入这个世界，只看到了独化在竭力想要使自己"在"这个世界。在这个世界的想法非常纯粹，为我欣赏和赞同，然而如何才能"在"这个世界呢？除了独化自己内心的自由之外，是不是应该想到，这个世界在阅读《财主和财主的儿女们》时，本来就不应该是读着独化，而是在领受着世俗的一份恩典呢？

我也读了一些关于这个小说的评论，恕我冒昧，除了忽悠着独化的所谓诗性的语言而外，就再也没有给独化提出任何脱困的方法。大家都在赞美着这个小说，然而，如果独化的小说继续如此，那么独化的小说之路，也会如他的诗歌一般越来越窄，结果也只有死亡一途。

小说的六十一章名为"十胜十败"，全章摘录如下：

成为品质更好的士

"财主和财主的儿女们是不同的。以祖父与我为例,祖父体任自然,我繁礼多仪;祖父以顺率,我以逆动;祖父以猛纠,我以宽济;祖父外简内明,我外宽内忌;祖父得策辄行,我多谋少决;祖父以至诚待人,我专收名誉;祖父虑无不周,我恤近忽远;祖父浸润不行,我听谗惑乱;祖父法度严明,我是非混淆;祖父以少克众,我好为虚势。"万事应该皆为是理,宽简顺逆都是众妙之门。文字在今天的世俗面前,早已不复当年的尊荣了。既然是小道,岂不是更需要一个歇息的地方吗。"俯而读,仰而思"是独化自己选择的,所以这个"十胜十败"就送给独化去脱困吧。至于孰胜孰败,独化是比我更清楚的了。

这些年来,我还没有如此愉快,同时又如此烦恼地去读一个人的文字,按照独化的"其智之穷"意味着读书人或者士的身份已经死亡的观点,桑子其实早就不在了这个尘世,这也是宁夏的诗人单永珍在电话里询问我的情况时,我会说出桑子已经死了十多年的缘故。但世俗总是逼迫着心底的寂寞，逼迫着我重新拿起了笔。细心看看，四十多岁的桑子和二十多岁的桑子并没有什么变化，除了沧桑的感觉，其智也超不出年轻的桑子。或者，我只是暂时还魂了而已。

独化的文字，的确给了我愉快和烦恼两个不同的感觉。对于愉快的感觉，大家都会以为然，对于读独化得来的烦恼，也是这个还魂了的桑子对老毒物的批评之意，独化是不会笑我少智的。不同意了就说一句独化体的口头禅，也无妨的。

与如芝先生的《兰亭诗稿》交谈

2007年11月20日,如芝先生七十三岁寿诞。周日,无课,得以前往相贺。这一天也是如芝先生的《兰亭诗稿》首发的日子。

此前的一些日子,央金、扎西几次在不同的场合与我谈到先生,并力荐如芝先生的为人。作为晚学后辈,心存敬意。心中不时地有这样的念头闪现出来,自己如果到了七十三岁会怎样?那天,在大家为先生祝寿时,我朗读了先生的《送孙上学》,突然有了答案:或者,自

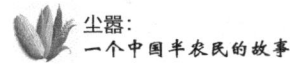

已活不到这个年龄已然就是一堆枯骨了吧，或者即使活到了这个年龄，有幸不为枯骨，也可能只是个活死人而已。见到先生健矍如壮年，感慨不已。这一天先生的家人也来了，从如芝先生的眼睛里，读到了谦卑、智慧与爱意。先生这样的品性，在每一颗于尘嚣中修养的心都是相通的。也就是在这一天，我知道了先生的简单经历。王如芝，河南杞县人，1934年11月20出生。在甘南草原工作三十多年后退休。

说来也凑巧，这次小聚，也见到了来毅、书民、马旭等人，都是几个心仪已久而未能谋面的，心里很是高兴。尽管自己平日拘谨，嗓子如狼嚎驴鸣，但还是唱了几首老歌，一则为先生的寿诞，二则也是释放心情。

诗歌在生活里的应用已经非常少了，特别是在今天，但诗人的无拘无束总是不被世俗埋怨的，大家自然地就谝开了。我虽然苦乏胸智，所喜甘南文坛矛戈不兴，不似外界文士兵争不断。大家平日虽不能尽弃爱奇、浮慧、迂疏之心，但都能温厚克己。三冬之际，其

与如芝先生的《兰亭诗稿》交谈

乐融融,好行好德滞留在草原。面对美食佳篇,即使太白新来,也是会感到欣然的。

我平时接触古体诗词不多,然而篇无格套,语切人情总是不会错的。如芝先生和我一样,都是在世俗生活中修持的,所以也就不揣浅陋。他说李白:"千金尽,把酒怀月,又返天庭。"说杜甫:"心惊,官多小难认,两肘破衣见朝廷。"都非常的形象。李白是仙人,虽也曾颠簸,千载之下也只一人而已。至于杜甫,却是个实实在在的人,平生留意经国之理不敢稍歇。李杜之分,固然是气质所定,但韩愈一语:"李杜文章在,光焰万丈长。"已经说明了二人是没有高下之分的。如芝先生诗风真率,似太白;性情平易,却又像工部。然而性情毕竟决定着如芝先生的一生,所以,虽然先生游历颇多,所到之处皆有所得,但即使是登临之际,先生之作也极少霸王之气、苏秦之论。他站在凉州白塔寺上:"幻缘能化三千亩,悟性无边地有边。祁连依旧废墟寒,议还原。"面对历史陈迹,先生知道13世纪中叶,藏人依附中原的目的

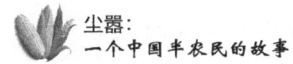

仍是为了生计。他也言及开封、洛阳等故地，到如今"香摇红杏，露凝碧麦，远望烟村铺户"，"白马驮经，汉传佛释，盘根桑梓"。文字里弥漫着平民情怀。扎西说先生喜爱李白的《将进酒》，并说老人在朗诵这个歌子时会情绪亢奋。我想这是实情。李白的歌子里有民族飘逸扬眉的气象，这是一个盛世造就的结果，即使可以写出一些豪放感激句子的杜甫，也是不能时常为之的，这也该是人们读杜甫时，更多的句子都是"沉郁顿挫"的缘故吧。但李杜二人的歌子都足以激荡胸怀，因为他们的歌子都是纯正的，李白的句子里是盛境，杜甫的句子里却又深藏着增长的光景。他们都是中国诗歌的根。

如芝先生这样的情怀，在他的《万年欢》里得到了验证，歌子写的是他和几个窗友欢聚兰州的情景："把酒兰山楼外，醉作神仙。试问诸君可妒？似你这，子孝妻贤。"子孝妻贤谁人不妒？就算是神仙，恐怕也会既妒且羡吧！这其实就是人间美丽善良增长的空间了。我是个晚辈，却也是羡煞小秃翁桑子了。

与如芝先生的《兰亭诗稿》交谈

先生是个饮食男儿,自然写了许多日常生活的场景:"金色苞谷面,大锅开水和成饭。持碗迎风排队等,灶房临河岸。"这是写吃搅团的句子,可以明白无误地看出吃搅团的时代。中国有过这样的年代,而且是很苦的年代,但老人在写这样的苦难时,笔端却又十分轻松,句子洋溢着的精神也是健康的,甚至让苦难的日子有了飘逸的味道。没错,人的一生经营的目的,也只是为了把自己的肉体减到最低最轻,而将心灵的幸福和感激,在自己的身体里放大显大的过程。先生就是这样的人,"陪孙起早上学堂,数九高寒月亮""迎风傲雪站门旁,寄托朦胧希望"。孩子在慈恩中增长着自己智慧

· 147 ·

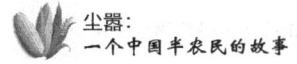

和感激。"豪饮不醉性文雅,常以软语慰高堂。"这是先生应王海生之邀写的句子。这种酬答之作最是伤人性灵、毁人魂魄的,但先生写来虚实相左,让人思绪得以及远之余,更想到了慈恩是能够一代代相传的,也必然会得到福报的。先生这样的句子,深深地扎痛了我的心。

草原民族的性情豪迈,这里又是草原民族生息的地方,自然有了斗酒的篇章。扎西乔迁,如芝先生有一首贺律:"老汉虽无千杯量,班门弄斧莫轻饶。"把一个酒浅心热的如芝写活了。这里的生活似乎永远与酒有关,酒浅如如芝和桑子,在草原上讨光阴,肯定是会受罪不少的。但人生不过百年,如芝先生的豪情与诗人本性,依然是生命中难以割舍的一部分。"今日得意须纵酒,转眼飞灰向黄昏。"炽热跳脱的句子,盈满了的是平民生活中的豪迈,它不仅是一个人生活重压下的自我宽解,更是一个国家和民族骨子里的豪迈了。先生生于中原,长于草原,宽阔的性格与环境的粗粝糅合在一起,读来足

与如芝先生的《兰亭诗稿》交谈

以使人气顺、心顺,也更加热爱真人活人的日子了。如芝先生在社会底层生活着,他没有叹息,有的只是生活中的经验与荣耀:"江源万里繁华处,几度偏安帝王州。自从诗圣卜居后,世人爱到浣花游。"这是他写杜甫草堂的,我宁愿看成是书生的自况。

先生来甘南草原数十年了,他为什么来这里?他来这里做了些什么?他为什么要做这些?他做的这些又有什么意思?或许,如芝先生是不会考虑这些的,在这里生活和工作的人们,都是不会问这些问题的。事实上,人们一生中侍奉的也只是自己的这颗心。而要侍奉好自己的心,问这些问题岂不是犯了傻气吗?或者侍奉的秘诀,就是平静地做好自己的事情吧。

《兰亭诗稿》中还有许多缅怀先烈的歌子,也有一些描述祖国山河的佳句。他写毛泽东:"千古一睿圣,全屋几英魂。"他写左权:"喊新兵,躲飞艇,忘我为仁,身化太行鹰。"他写冶海冰图:"浑圆,疑用气功叠金柱,飞凝太液排玉盘。"他写江河源:"任雅峰留蜜,各峰滚

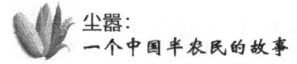

玉，乱海星宿集。千沟万壑冰融滴。"多为直抒胸臆之句，绝少腐儒陈言。

　　集子里有从古人句子里化出的，但大都自然贴切，不见滞塞，读来可闻古人神骨返魂之香。扎西以"儒雅至诚"评价如芝先生，我也深以为然。

　　我学历史，对格律涉猎无多，先生歌子里的句法、诗律，甚至什么变格、创体乃至几平几仄等，我却说不出个所以然来。算起来也是个外行桑子在谈如芝先生的歌子了。但风雅二字，是任何格律所无法限制的，似我性情，也不喜欢什么俗流恒格的。但格律的低回婉转、激情张扬，还是让我从格律中读出了如芝先生心灵内在的自由。如芝先生得以成就一部容纳近五百首歌子的集子，先生可以坦然地微笑了。

诗文：为何而作

20世纪80年代中期，甘南草原上第一所师范专科院校开始招生。也是在这一年，学生们成立了绿原文学社，这个业余社团的周围，也积聚了许多的文学青年。

与同一时期成立的大多数文学社团不同，绿原文学社的活动得以坚持至今，固然是因为学校生涯的特殊性所决定；另外一个原因却是最重要的，就是这个社会的某些人或许可以抛弃文字，这个社会却是离不开文字的。好文尚德，胼胝人事，都是移易世俗的法要。对于成长

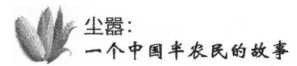

中的青年来说，正是处于在衣食住行间学养功德的阶段，对于主要以完成学业为主的学生，就必须选择更多的手段修养心性，文学的手段，无疑是经济贫瘠的草原环境里最好的方式了。他们所学习的对象或许不一，但是很显然，不一定非得需要文学的范本和专家，他们的诗文，一样可以做得更好。

这一点也被他们的实践所验证。在一个相对偏远的环境里，正是他们的集中精神，才使他们逐渐地成长为心智上的强者了。

志俊说："守住自己的一颗心，不让它随波逐流。守住与生俱来的清白，不向世俗低头。"他说的不完全对。因为世俗太过猛烈，但他坚守着："就像大海守住河流，骑手守住草原。"在这个世界上，许多事情需要坚守，当然也就有持守不住的时候："大雪倾城，大雪竟使旷野中的一介书生，泪流满面。"一介书生又能守住什么呢？甚至连自己的一双眼睛都无法守住的。读书人首要的问题，在我想来，也不只是观察和应用，更是解释这个社会吧。

诗文：为何而作

瘦水和志俊同班，他对这个社会的解释准确无误："仙是上山的意思，仙是从低处往高处走的活动，仙是我们始终处在她的眼皮底下，仙是一棵松树目睹机的出现，而将秘密无法给人类诉说的痛苦。"所以他看得较远："他没能到达传说中的西麦朵合塘，却在云南找见了香格里拉，他的一双马靴，至今在玛曲的尘埃中飘拂着。"

了解诗歌的意旨和内涵，如同了解生活本身一样。许多人都在呼唤，能够让读书人承担更多建设社会的责任，虽然建设中的角色会不同，但我想，只要是有心肝

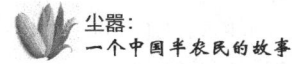

的人，都是不会忘记这种责任的。继宗说："把羊群赶上山坡的这个下午，突然想到，你要是空谷里的一只松鼠，会带上拾来的玉米拉在花簇草棵间走来走去。"有了玉米粒，就有了建设的喜悦。继宗显然不只是个建设者，他想的还很多："也像是从未注意，这些与平常日子相比，已经超出你山坡人生的部分。"是啊，继宗出生在张川农家，教书几近二十年了。他就是一只满意而后快乐的松鼠吧。这些年来，我读过许多继宗写自己教书生涯的文字，感动之余，深为他的韬晦平淡而欣慰。

然而人生苦多乐少，因为何人、何事苦恼呢？尽管人们不愿意这样，苦恼却和生命相伴而生："1987年的冬夜，满目闪烁的星群或许陨落，而我终将成为一地黯淡的泥泞，缠绕住秋风的双足。"这是牧风的苦恼，也是每一个读书人的苦恼。多思伤气，唯有久病之人才会明白，而且，社会也没有给每个人设下欠债的小账簿，人生的无情之词，岂不全是妓家离别的泪水吗？这个社会也有许多事情解释不通，世俗也多贵则相援、穷则相倚的现

诗文：为何而作

象，曩时侧肩的人，未必不成为攘臂。人们虽珍惜着兄弟间的不为气分，又有谁能够保证兄弟之间，就不为百十斤的烂肉而扬镳分道呢？"今年我望着苍凉覆盖了相思，还是否有阳春暖酥？让我打开话闸，喝上三口闷酒"。牧风又为何而闷呢？"不如意事常八九，该舍就舍，该弃就弃。"这好像是韩东的几句，说来容易，但人生的苦痛无穷矣。但我听说牧风酒量不浅，那就好好喝吧。

人生既然苦乐无限，人们自然就会想到，整天碎心竭髓，嘘苦弃甘，又有何益？善良本来无过，但善良一旦与无知为友，就会混淆世俗与人生的本意。我虽然和他们年龄相差无几，但几乎是看着他们一步步成长起来的。阿垅上学时，常来帮我和阿信做饭，小伙子很腼腆，也很秀气，像个丫头。阿垅的这种性格，也使我难以与他倾吐牢骚。阿垅上学的时候，正是中国思想蠢动之秋，但他为人含蓄，多所自持："在春天，我们不能回避来自内心深处的，却又带着一丝伤痛的幸福。""窗外窗内的昼夜都叫时光，黑口袋里躺着灵魂和睡眠，白口袋里装

· 155 ·

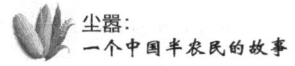

着旅途和操劳。"没错,多思虽然会苦,但苦的还不就是操持二字吗?后来更是与他联络少少,只知道他平静地结了婚,有了孩子。或许,有了老婆孩子以后,时光的黑口袋里,就会少了睡眠而多了灵魂的战栗吧,这些也都算不了什么的,谁让我们为人子、人夫、人父呢?

生福上学时就是个什么学生会的干部,长得虽然有些鲁拙,眼睛里却是灵思涌动,也是一个能在平淡中过出味道的人。他的东西写得虽然直接,气象却很良厚,如果不是这次结集,也可能一辈子难以见到他的文字。他在《小城正午》里说:"穿藏服的少女一脸灿烂,手捧银碗,青稞酒的香味弥漫回旋。"这是草原上最平常的景致了。或者在现在,这盛满青稞酒的银碗,大都是捧给庙堂里的贵人的,但又有什么要紧呢?当我的学生杨格九从迭部老家拿来一瓶用沱牌大曲的瓶子装着的自酿的青稞酒来给我拜年时,我心生感动,就欣然地收下了。"雪掌之上,这来自寂静大地的安乐、自在、知足、隐忍和深深的热爱,让我们弯下高大的身躯,双手合十,慢

诗文：为何而作

慢咽下一生的悲欢。"生福的身躯不高也不大，但我知道，许多事情都是需要俯身下去才能做到、品味到的，只要精神尚有余地，自然也会进驻其中。就如生福怀念草原牧人赛让时写的一般："赛让逝去，结束了他在人间的梦想。赛让逝去，没带走一只绵羊。"你们看，一个牧人离开得如此干净，生福虽然生得愚讷，我却能感受到他的古人颜面。

雪山魂、小忠、嘎代才让三个较小，为诗为文的起点却比较高，各自的胸中都很多趣，均有自己效仿的对象。这与他们生活、学习环境有关。他们的诗歌生涯开始于20世纪90年代末和21世纪初，中国民众生活的改善，既冲击着纯文学的生存，又在另一方面推动着文学向社会底层延伸，这个时候的草原也有了网络，他们在网络文化的传播中，接受和汲取到了更多更新的东西。雪山魂说："听说那硕大的花朵是黄色的，是寒冷擦燃的一团黄色火焰，带着深深的禅意，在青藏的深处燃烧。"小忠说："高鸣的钟声已将尘世漫漶，柔软的经文已被苦难和超生焚毁。在世界完整的轮回中以一个局外人的身份移动，我感到自己的内心如同秋日黄昏下的大地。"嘎代才让更是直接："那天，阳光不错，我读卢梭，也读博尔赫斯，我不遗憾，也不鬼鬼祟祟。我们都不喝酒，后来才发现，自己压根不是喝酒的料，还嗜酒如命。"由于他们三个年轻，文学创作也处在养气的阶段，或者养到行止自如，养到如我们这般老迈，养到赤腹投人、朗月入怀，养到尘汗漫漫而自己的烂肉下却是冰心玉骨，他们也就会辨识一切鬼魅的胚胎了，文字也就会气老格高的了。但他们现在的文字的量的成就，已远过他们的学兄学长，他们需要的，只是能马上沉静下来。或许，他们认为桑子这老东西就会卖老，但脚底净尽才能奔突长道，而且来自这世界的批评，看上去本就是十分的孱弱。

集子里也编选了一些师长的作品，如完玛央金、阿信、彦文、扎西才让、杜娟等，学生们感切高谊，将大家的东西置于其间。他们长期以来关注和支持着《绿

诗文：为何而作

原》，在为文和为人方面也可以成为表率。大家虽多在小镇生活，但平日见面无多，现在的社会又是以财富和权势论英雄的，而他们几个草根者居多，庙堂者寥寥，借此机会得以聚首接尘，风雅寥落之际笔墨相守，大家似乎也有了杜鹃般成功了的狡黠的捷径。呵呵，说到杜鹃，此杜鹃非彼杜娟也。彼杜娟是高原小镇的才女，我呼之为老弟。此杜鹃则是指布谷鸟，这里是草原，"布谷、布谷"的叫声牧人并不喜欢听，而视农时如命的农夫则是最爱听的，但就是这个杜鹃，却将父母的辛劳与责任一并托付给了伯劳、画眉们，而杜鹃的能够视代劳的不同的鸟产下不同的卵的本领，让我还是在失笑之余，闭紧了自己的双唇。我不怀疑学生们的美意，只是觉出学生们的辛劳，《绿原》由于经费的问题续办艰难，而每期所需金银，也只区区两三千元。所以，我并非灰心冷面，只是希望大家的东西能够对学生有所助益，更使学生的韵致添上新妍就好。

文字毕竟是小道，俗世的压力也很多，但当我们对

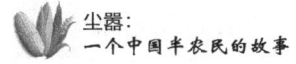
尘嚣：
一个中国半农民的故事

一切有了清醒的判断，有了让别人得益良多的心智，友善又是与生俱来始终如一的，我们或许很平凡，也可以活得很不平凡。其实，现在的我更愿意是校门口的一个乞丐，比起文字来，就靠着青春施舍的些微友善存活着，少一些大人的幼稚，也会少了太多的自我，顽冥也会减少，而恻隐则会自己成长。日用之间贫病相恤，患难相死，岂不是也会变得十分简单吗？何必要执着于文字中的自我呢？只要有心，脚下磊落，一举手一投足之间，文学本身也都是会成长的。

除了上面谈到的各位，集子里还编选了许多作品，比如马颖、贤昌、玉兴等人的东西，和许多在读学生的作品。由于时间紧张，我也不曾细读他们的东西，但他们以文字的方式祛邪扶正，其道却是与为师一般相通的。我在觉得对不起他们的同时，也就没有了更多的遗憾。我正忙于蹲点总结事宜，在接到文忠的这个命题作文的电话后颇觉为难，后来听说阿信忙于策划本次活动，又听说要来一些名家助兴，不得不领受这个任务时，我笑

诗文：为何而作

着对文忠说：要求不高，至少两千元的稿费做酒资吧。文忠笑着说：稿费就免了。当时绿原文学社的几个孩子都笑了。那就这样吧，谁让人家大小也是个"主任"或者"书记"呢！哈哈。

关于央金和她的散文

这是一部完玛央金的散文集子。应该是她的第一部散文集子吧?

6月30日,我准备再次前往兰州护理病人,央金来了电话,问我最近忙不忙,在她听到我的情况时,开始默然了。同时我也知道了她来电话的目的,还是欣然接受了给她即将出版的散文集子说几句话的请求。最近的一个月,护理病人之余,便是这本手稿一直陪伴着。

集子里的文字是直接的,很少隐喻的词语和意象。

关于央金和她的散文

散文太过于抒情与直接,无疑会是一种遗憾。只是在生活中,这样的直接与坦率,却是自尊与自信的表现,特别是在思想和情感感到窘迫的时候,生活中的自尊自信就会助长自己的心智,也会使一个人无论活得多么艰难,精神却总是尊贵的、从容的。

读书人和时代应该是怎样的关系?应当主动适切?还是有意悖逆呢?我想,这两种都不会是最好的选择。央金说:"需要一种稳定、永恒、安全的东西支持自己挺起胸脯。"她对纯情的诠释,也让我心惕:"我说,只要每天能听到你的声音。你说,那也是我忍受不了的时候的痛苦和呻吟,我什么都不能做了。我摇着头,眼里噙着泪水:不,我只要能听到你的声音。"她的纯情是"为着一个目标",其实就是一生,更是一种永恒。一生或许只是个过程,永恒可能也只是一瞬,让我心痛的,恰恰是一个人失去了这种过程。她在梦的意义与基础上诠释着"纯情",诠释着"热爱"与"崇拜","声音"虽然在现世中暂时澌灭,不再回响,但它穿过了时空,"我的

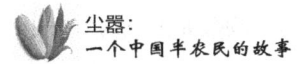

心绪因此伸展得平平荡荡,没有私欲、虚假,没有沮丧、失落"的确,这个被唤作"毛毛"的小丫头,小时候时常被安顿在乡下亲戚家,但她同样充满了感激,只给父母找了"因为忙"这样一个最轻的理由。一生虽也很长,时间却不能决定一个人的质量,对于写作来说,真实的写作只属于一个人一颗心,而且对于央金,四十六年的时光,她也只写了一颗心。当她大病初愈,从窗户向外望去,应该是想象着田野里缭绕的雾气:"我什么都想说,却什么都没有说,我平静地看着周围的一切,对自己说:'你真幸运!'这个世界多了一个有责任感和自觉意识、平平常常生活的女人。"在我看来,幸运的还应该有这个世界,因为它拥有了一颗善良坚强的心。"之所以我有与众不同的气质,有与众不同的喜与忧、爱与恨,是因为我的诞生与成长都在你特别的呵护下。"她就像一株小草、一只小羊,甚至像一丝微风、一滴晨露,她不想分沾却分沾了世界的荣光,于是乎觉得自己的一切,都是这片草原和世界的赏赐。

关于央金和她的散文

　　这也使她作为母亲的心一直亮着,她给孩子说:"是你,一步步地把我推向了成熟、坚强,在还不能知道世上有多么艰难、危险、困惑的时候,是你唤醒了我的勇气,以我的生命紧紧围绕着你的依赖。""即使世界上什么都没有了……我想说世界上的任何感情,都比不上我从你那里得到的骄傲和自豪。"从一个稚龄的女孩,成长为坚强的母亲,央金的一切似乎都在感谢、感激、感动、感恩中,她没有觉得自己对世界有何重要,她只觉得世界对自己充满了恩泽。这样的人格特性,应该是从父母那里沿袭而来,并在后天拥有

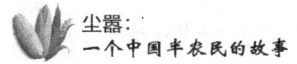

一个淳朴宽阔的生活环境有关。就是这样一个与世无争，同时拼命给予世界的女人，一路走来，却是充满了坎坷，以至于使她在面临创痛、忧愁、虚荣的时候，也曾呼唤上帝，依恋着上帝。上帝当然不会因这样的呼唤更多地给予什么，但她不论是面对上帝，还是面对世俗中的儿女，心都是一样的虔诚。草原可能让人冷寂，但心灵的草原却能让人宽阔辽远，是草原文化与外来文化共同滋养了她的性情，使她更加"纯洁、诚恳、忠实"。这样的一颗心，当然不会受到民族、地缘的束缚，尽管这里一直处在文化与经济的边缘。同时，这样的心也是绝对不会被毁灭的，是不存在与佛陀的背离和太多纠缠的。

有些记忆是"不灭的"，在《珍惜一次共同》中她感慨道，细细"想一想，白发已悄然在鬓角滋生，皱纹也一天深似一天，你的人生已经走完了四十年的里程，而你从孤独寂寞走向另一个孤独寂寞时……你的四十年人生里程从未发生过什么震惊遐迩，让你无法忘却的重大

关于央金和她的散文

事情"。这是她文字里几个思考的篇章,就是这样的思考,也只是拷问自己的灵魂。她对自己的一切冷静而清晰,甚至在面对爱的表白时,内心"却不是那么甜蜜,甚至感到了一股莫名的酸楚"。世界也似乎永存着"捉摸不定"和"无形的力量的驱使和牵引"。读着这些文字,

我也更深地体味到了僧肇说的体本寂寥,就非就是,唯萧然无寄,理自玄会的深意。对于世俗中的男女,谁又能透彻一切智识呢?就像她对主的呼号,就像她对向阳花的诠解,一朵瘦弱的黄花,不也照样能够开得坦诚热

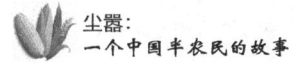

烈,自觉地举起生命的灯吗?这个"清醒的象征",恰恰构成的是完玛央金自己。

没错,我们对世界的认识,往往只是极小的一点,可能也只是自己而已。就是这极小的一点,有时甚至等不到调整焦距,就会随时变得混沌而模糊。耶稣说:你们寻求我,若专心寻求我,就必寻见我。可当我们真的寻见了耶稣时,终于也会发现,耶稣和我们其实没有什么两样。生命的灯盏,只有自己才能高高举起,就算是荆棘丛中,也要尽力而为才行。因为这一切,本来就是生命简单的侍奉,如果没有这种努力,要达到心灵的洁净,恐怕只能是奢望而已。央金的文字背后,蕴藏的是一颗侍奉的心,无论是往事,是乡愁,是感情,她都在竭力地控制着,从简单的文字开始,到简单的思想结束,间或伴随着羞怯、内向甚至懦弱。她的文字中充满着的,几乎都是身为女人的克制与约束。

集子里更多的是记事、抒情的文字,也有央金对社会与人的批评,但她的批评也多轻而温雅。反倒是来自

关于央金和她的散文

身边的人的温情,给予了她无上的宽慰,尽管她也曾说,这些人和事情并没有使她的命运发生什么改变,也没有让她觉得有什么依恋。但是很显然,这些人和事最后都成了她思想的一部分,比如表姐,比如文字中出来的几位老人、孩子、狗、花等。她自己也承认,这些回忆随着她的人世沧桑,与自己联系得越来越紧密了。

央金没有因为命运在心中汹涌起波涛,她在努力中改变着自己,坚强着自己。这种努力显现出的"唯识",使她从来不会在世俗生活中做无明的大梦,她明白晨光也曾被小草柔软的肩膀扛起,露珠也曾整夜留驻,甚至月光,甚至蚁蚋,甚至微风,甚至一双眸子。即使小草最终干枯,化为灰烬,化为泥淖,只要在意着自己的因缘,就已经足够了。散文集子记录的,正是央金四十六年的因缘,尽管缘分有深有浅。央金说:"从少年、青年到中年,我时时发现自己很平凡。""时光流逝,我发现自己逐渐流入世俗,一样被掩蔽,一样被冷落,一样被轻视被遗忘。我发现自己不能超越,更不敢拿得与失做

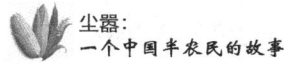

细细的比较。"她不敢将得失做个比较,也是因为,她的心里是抵触这种比较的,也不会想着真的去做什么比较。一个有使命感的人,生活注定会是苦的,不管物质环境如何繁盛,只要想着让精神引导外在的命运,自然就会陷入刻骨铭心的疼痛,尽管这些疼痛都不是为了自己。央金身上纯粹的魅力与沧桑,几乎使这样一个普通的女人成为我心中的风骨。也就是2007年如芝老人的诗稿座谈会后,我特意地叫她出来吃饭,并招呼萍儿和她见了面,只是想让萍儿知道央金的坚强。萍儿和我一样叫她丁姐。

同时,央金的工作是编辑,也是个作家。四十六年的生活中,她创作了大量诗作,诗集《日影星星》《完玛央金诗选》中女性的骄傲与柔思,对于作为人父的我更像是一种教导,世俗中渺然而居的两个人,都不曾以体魄的快乐自餍,也很少为精神的恒进而在心底掀起太多的波澜。兰医二院的病室里,能听到黄河铁桥四周喧嚣着的奥运圣火传递的嘈杂,尘俗的世界多么开心啊,博

关于央金和她的散文

然、厚然、悠然、久然,绵延不绝,一己烦忧又算得什么呢?央金虽然小挫于命运,却也使她得以用柔弱养活自己的性情,支撑着她作为一个女人的坚韧。也唯其如此,她的文字在世俗中的回响,朴素的声音里,流露出的曲高和寡的窘境,读来反而更加让人揪心。

但我还是明确地看到,这些散文并非央金最好的文字。文字有些匆忙,语言的轻与意味的重之间有了某种疏离。她是要在文字里遮蔽什么呢?这些文字的朴素,一如她的为人。思忖再三,还是觉得这些散淡的文字遮蔽了的恰恰是央金作为诗人的才华。她笔下的精神与21世纪的世俗精神是一种背离,她自己生活得简单淳朴,与时代精神的滔滔物欲也是格格不入的。这样的结果,终于使一颗柔软的心,也要被世俗裹挟着去被动地思考,也构成了农业、牧业草原与现代生活的一种紧张。

生活中的央金是富于使命感的,她的生活坎坷,右腿稍有残疾,是两岁多的时候打针不慎落下的,中年丈夫离世,当我从何来老师那里得知这个情况时,已经是

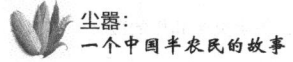
尘嚣：
一个中国半农民的故事

一年多以后的事了。但她的文字轻松淡定，生活中也只见她淡淡地微笑，偶尔也会看到她从公交车上下来，慢慢走进州文联的那条小巷。平日相聚无多，她的话也一直很少，声音总是很低，很平和。直到那天，当我在小雨中从车窗外接到她递过来这本手稿时，眼中望去，她的额头也有了很深的皱纹，只是眼神平静坚定，一如往昔。

《时间广场》读后

江雪,是个熟悉的名字,但又显得陌生。我的记忆里还有一个江雪,看到集子五十一页上有个小注,知道湖北也有一个江雪。我分不清以前"曾经见过几次面"的是哪一个。《时间广场》是南京江雪的集子,看集子扉页的介绍,他是1965年6月出生,比我小了整整一岁。其他的信息仍然没有。这也没关系,我读了这个江雪的诗集,觉得他舒缓懒散又不乏理性的文字,很适合我阐述自己的一个观点,就不再管世上有多少个江雪了,就

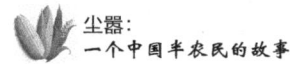

说说南京的这一个。或者,我说的是《时间广场》里的这一个。

或许我们的民族太过于朴素,虽也有过陶潜那样的理性韬晦的诗人,但总的来看,农业文明是不会把思维作为诗歌的终极判断的,对于生活本身的信仰与体验,也会超过了一切,所以不论屈子还是李白,在张扬激情的同时也耗尽了他们的肌体,他们不断地提出问题,但却没有也不可能解决这些问题。这样的传统,也没有使古代的汉语语境形成一个固定的信仰,哲学和理性正是农业文明的诗歌所欠缺的。这与西方民族毫不掩饰地把哲学素养融入诗歌创作里的传统形成了鲜明的对比。这不是说中国人就是一个轻视理性的民族,但中国的诗歌传统却更加激扬情绪和感觉。

哲学当然不是出世的,是时代理性的最高成就,尤其是唯心主义的部分。西方诗歌的理性已经被现代诗歌接受,与激情张扬地对生命的静观与苦痛的描述不同,江雪也喜欢诗歌以奇幻为目的去书写人间烟火的神圣与

《时间广场》读后

深刻。钟鸣是我最喜欢的这样书写的一位,《时间广场》里的江雪,也是这样的一个诗人,所以我也喜欢。"塌陷于房子的空,怀念的远/我打出手势告诉你,我的已知部分。""当我说出蓝蝴蝶的轻,仿佛今夜的流水/也要一路向上,载着我的眼睛/仿佛远上雪山的禅僧,一点一点地/楔入远处的远,白雪的白。"或许这样的诗歌不会成为人间烟火的宠儿,现实中充满着通俗与现实意志,而这样的意志,对哲学思辨永远是不会有兴味的。即便如此,理性思辨却又是一个民族不可或缺的。"这个春天的上午,谁的眼泪又如此之多/我从深水中救出自己,那只青铜的尸体/它的锋芒深深地刺中我/让我终于活在自己的美之中。""开放的花朵,是次第吐出的梦语/它飘逸,无痕,富含诗歌的质量/让我内倾,又让我充满无限的想象。"能够内倾的心脏是不会感到思辨会累的,反而会更加沉静。

我也曾尝试过诗歌和哲学的结合,却没有走出思辨本身。江雪的叙述非常轻,没有把哲学的五脏六腑掏出

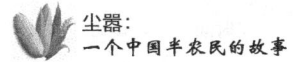

来,他只站在哲学的外边,这也使他的东西避免了陷入神秘的怪圈,他的句子是可解的,在没有进入哲学内部的情况下,就已经完成了诗歌与哲学的互动,反而使他的诗歌有了一种思辨的力量,这与他驾驭语言的能力有关。总而言之,他使诗歌有了思想的力量而不再是思想本身,他使诗歌保持着心性的崇高,也没有使诗歌仅仅停留在凡人不定的感情当中。不知道他具体是做什么的,但我知道,像他这样的诗歌,恰恰是自己缺乏并需要着的。虽然我也曾醒悟并有意识地进行哲学与诗歌的互动尝试,但自己的诗歌总是被哲学本身遮蔽,也曾由于对语言的把握不够和文学素养的贫乏而显得力不从心。

爱伦·坡在《诗歌创作的哲学》一文中,曾就"乌鸦"一诗的创作做过详细论述,就这类诗歌创作提出了具体的要求,认为这类诗歌的格调应该是正诗的,也就是要选定悲伤和忧愁的调子,选择思辨的道路。还有一点,那就是人是软弱的,特别是人的思维,因为在世俗面前,任何以平静和坚强这些终极目标为目的的文字尝

《时间广场》读后

试,都要以寂寞的心态去面对世俗的繁盛,因为任何世俗的繁盛,都会对主知主义性质的东西迎头一击。而且,如果不是认真去读,也很容易造成诗歌技巧瓦解的假象,甚至造成诗歌才能的破产。对于读者来说,也更需要以学问本身作为凭证,不然的话,阅读也会是支离破碎的。《时间广场》的诗歌基调与爱伦·坡的主张暗合着,虽然也有许多歌唱光明的辞章,比如《梧桐花开》《开始的乐章》《五月的飞花与太阳》《燕子矶公园的正午》等,或歌唱着光明,或极力地想要歌唱光明,但总的说来,江雪诗歌的语言基调,是缓慢而懒散的。这样的语言,既方便了他的叙述,又自然使他的诗歌有了一种忧伤的调子,包括歌唱的辞章也不例外。这种叙述的语言方式便于对生活深层进行发掘,也适合江雪的年龄身份,诗歌读起来不会使人愤懑,反而催人深思。在诗歌衰落的年代里,人们希图用各种方式去挽救诗歌,却很少有人静下心来,对诗歌与哲学的互动进行深入探讨与创作。爱伦·坡的提示是:如果诗歌消弭于生活本身,那就意味

· 177 ·

着诗歌的死亡,只有向哲学趋近,从而使诗歌不至于游离在哲学体系之外。而《时间广场》中的诗歌实践,表明了诗歌从生活到哲学过渡的可能性,而且是作为艺术的诗歌形式的过渡,都是可能的。《时间广场》里的大多数诗歌,是思辨更清晰地理解和支持了诗歌的张力,而不是语言支持着这种张力。或许有的人会大声质问,诗歌不是任何思想的表现,诗歌只是感情本身,诗歌就是语言之花。谁说不是呢?但是,如果可以把一切诗歌精神和哲学的沉思联系在一起,并可以很好地联系在一起的时候,"语言之花"难道不是会更加瑰丽迷人吗?

《时间广场》读后

陶钧文思,贵在虚静。这是刘勰的观点。谢林也说:"不想经验到艺术作用的人,被看作是粗人,但如果把艺术作品唤起的纯感官的感触、感官的激动或感官的满足,看作是作为艺术作用的话,那么从精神的角度来看,同样是粗俗的。"尽管拗口,意思却不难解。如果打破了一种偶像,进而反对崇高,并将生活的表层气氛渲染成诗歌的时候,除了诗歌精神的枯竭以外,所得也会极其有限。江雪的诗歌里,这样的唤醒很多,他说:"不能睡去的动词,推动着谁/让我跃上最终的去向,在神的园中/

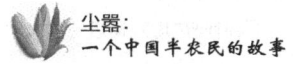

我骑上它交给的一片，在空白的风中……让我熄灭斗争的风暴与疲惫/让我睡入栖鸟的故乡/你看不透的言辞，渐起的烟霭。"心神静怡才能万象冥会，动则天真。如果不是和理性的思辨结合，以哲学的方式去审视诗歌，克制情感，江雪也不会说出："低处的花朵/让我的想象穿过她三月的间隙/一路驰骋。重整的姑娘北上中原。"因为他笔下的三月，不仅是江南的春天，也是北国的春天、心灵的春天，这样的三月是旋转着的，弥漫着的，也是被一颗保持着安静理性的心脏支配着的具有创造能力的春天。

对于下意识的客观和主观的解释，都会促成对灵感的剔除，特别是对于一个依靠知识、经验写作的中年人来说，就更是这样了。世俗虽有李白一般张扬激情的天才，更多的则是杜甫一样极少天才福分的诗人。但即使是少了天才福分，杜甫的诗歌也总是弥漫着责任与理性，笼罩着幽寂的气息。所以，不能把诗歌创作只留给那些"天才"，理智地、像数学那样地创作诗歌的方法，应该

《时间广场》读后

也是可以的。这既是爱伦·坡的主张,也应该是诗歌本身的主张。对于激赏天才的诗人虽然是一个例外,而要完成诗歌的万神殿,仅靠天才显然也是力不能逮的。

对于南京的江雪,已过了激情创作的年龄,他在2006年的诗歌写作,可以算是非常成功的写作,成功主要体现在懒散缓慢的语言与哲学、思辨的互动上。读到的江雪的诗歌,不再是时下诗坛语言的堆砌、自然的翻版,也不是某些青年希望的对崇高与理性的颠覆,而是克制的浪漫和理性的创作意识。我的力不从心,在江雪这里却是驾轻就熟,我的累在江雪这里也成了轻。江雪的《时间广场》,使我对诗歌与哲学的互动有了更深的体会。

然而,江雪2006年创作的丰硕,也造成了《时间广场》整部诗集的缺憾。虽然第二辑"时间没有过去"我不清楚具体的创作年代,风格却是一以贯之的。这种缓慢、单一的风格,也造成了阅读的疲劳。我看到江雪从20世纪80年代就开始了诗歌创作,东西肯定还有很多,

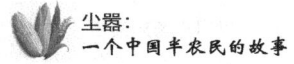

只是由于偏好才这样结集的吧！虽然十几天来一直把玩着这部集子，但诗歌思想的把握，从来都不会那么轻易，所以就有了强作解人之感。"是否，你就是那一束阳光呢？"这是江雪最末一句的发问。其实，我也想这样问自己一声的。